負けない私

群 ようこ

角川文庫 12277

目次

小さな胸

私は二十二歳。胸が大きい。体はそれほどでもないのに、胸だけがFカップと大きく育ってしまった。これで顔も派手で気持ちもイケイケだったら、よかったのかもしれないが、私は気が小さい。口べたでもある。学生時代、友だちからも、

「あなたって、おとなしいわね」

とよくいわれた。キャラクターが派手だったらまだしも、そうではなかったので、よけい胸だけが目立ってしまうのである。

私のあだ名はずっとホルスタイン関係ばかりだ。小学校の高学年からずんずんと成長してしまったので、そのときは「牛」。中学生のときは、「ホルスタイン」。高校から短大を卒業するまでは、「ホルちゃん」だった。私の名字がホリなので、みんなにはまるでそっちのほうが本名のように、

「ホルちゃん」

と呼ばれていた。

もちろんそういわれてうれしいわけがない。でも私はやめてくれとはいえない。やめてくれといっても、胸が大きいのは本当のことだし、みんなが私のことが嫌いだったら、ホルちゃんなどと呼んでくれないだろうし、などと思っているうちに、そのままになってし

まったのである。

母親も祖母も胸が大きい。祖母などは胸が垂れきってしまい、今では腹部と一体化しているが、豊満な胸をしていた。そして私の母にいたっては、巨大といったほうがよかった。まだ私が小さいころ、母が弟に授乳しているのを見て、

「ママの胸に西瓜《すいか》がふたつついてる！」

と叫んで大泣きしたことが、いまだに親戚《しんせき》中の笑い話になっているが、その泣いた自分が、大人になって同じ思いをするとは、想像もしていなかったのである。

胸の小さい友だちは、

「いいわねえ、分けて欲しいわ」

といったりしたが、できればそうしたい。この胸のおかげで、どんなに嫌な思いをしたかわからない。まず痴漢である。混んだ電車に乗ろうものなら、四方八方から手が伸びてきて、身の毛のよだつ思いを何度もした。制服を着て歩いていると、突然、背後から胸をわしづかみにされたり、ひどいときには、前から歩いてきて、通り過ぎる瞬間に胸をつかむ者もいた。はっとして振り返ると、その男はものすごい勢いで逃げていった。

もちろん同級生の男の子にはからかわれる。気が強ければ、

「何いってんのよ」

と反撃もできただろうが、私はただ困り笑いをしながら、立ちつくすことしかできなかった。いつも仲のいい友だちが、

「うるさいね。とっととあっちに行きな」

と追い払ってくれたが、そのたびに私は、彼女の後ろにまわって、小さくなっていたのである。

男の子ともつきあったことがない。いつも男の人たちはまず私の胸に目をやって、そのあとに顔を見る。逆はほとんどないといっていいくらいだった。

「どうせみんな、胸に興味があるだけなんだから」

積極的にいい寄ってくる男の子もいなかったし、もちろん高校生のときには、いいなと思った男の子はいたが、私のほうから告白することはできなかった。もしかしたらとは思ったが、やっぱり踏みとどまった。物陰から彼の姿を見ては満足していたけれど、そのうち彼は胸の小さな隣のクラスの女の子と交際するようになった。それを見た私は自己嫌悪に陥った。あれだけ自分の胸が嫌だと思っていたのに、胸に誘われてつきあってくれるかもしれないと、ほんのちょっとだけ思った瞬間があったからだった。

「何て嫌な女なんだろうか」

私は自分が嫌いになった。

短大に通っていたときは、よく合コンに誘われた。いちおうは行ってみるが、好みの男の子は、他の女の子のところにいってしまい、私の周りに集まってくるのは、何だかよくわからないのばかりだった。話をしていても、胸ばっかり見ているのがわかる。私は話をしたいのに、彼らの視線は顔の下に注がれている。そういうのが必ず、二、三人へばりついてくるものだから、いい加減、うんざりしていた。

友だちは、

「ホルちゃん、そう真剣に考えないで、ただの友だちだと思えばいいのよ。デートっていったって、最初から手を出すわけじゃなし。ごちそうしてもらって、ありがとうっていって、帰ってくればいいのよ」

という。なるほどとうなずいて、そのうちの一人とデートをした。友だちも、

「あの人だったら、いいんじゃないの」

といったからである。しかし、渋谷で待ち合わせて、軽く昼食を食べ、映画を見て晩御飯を食べ終わると、帰ろうとする私の腕をつかみ、強引に引きずっていこうとした。

「どこへ行くんですか」

「いや、ちょっと」

「ちょっとって、どこですか」

「いいから、ついてくればいいんだよ」

たどり着いたところは、ラブホテル街だった。驚いて立ちつくしていると、彼はいちばん近いホテルの入り口に向かって、私を突き飛ばした。

「何をするんですか！」

こんな大声を出した経験は、生まれてこのかたなかった。

「いいから、いいから」

彼は薄笑いを浮かべながら、私の体を押して、ホテルの入り口ににじり寄ろうとする。

「やめて下さい！」

カップルが何組か歩いていて、こちらのほうを見て、くすくす笑っていた。

「かっこ悪いからさあ。ほら、いうことをきさなよ」

「あなたのいうことなんか、あの、その、きけないです！」

私はそういったあと、ひどく困って、ぼーっとまた立ちつくしてしまった。彼はしばらくそっぽを向いて考えていたが、突然、

「お前、あれだけおれに金を出させといて、このまま逃げるっていうのかよ」

と低い声でいった。

「えっ……」

目を丸くしていると、

「金返してくれよ。今日おごった分」

といって手を出した。

「早くしろよ。かっこ悪いだろ」

彼は通り過ぎるカップルの視線を横目で見ながら催促した。私は、

(昼御飯のスパゲティが八百円でコーヒーが四百円で、映画が……)

と急いで計算して、五千円札を渡した。

彼はそのお札をズボンのポケットにねじこみ、何もいわずに来た道を歩いていってしま

った。私は彼の姿が見えなくなるまで、ラブホテル街の道路でうろうろしていた。

「どうしたんだ、お姉ちゃん」

声に振り返ると、中年のおやじがこちらを見ている。彼の視線が胸に集中したのがわかり、私は前に向きなおった。

「どうしたの、一人？」

彼は猫なで声で回り込み、にやにや笑いながら体を押しつけてきた。逃げようとすると、立ちふさがり、

「いつからやってるの？」

と聞いてきた。何をいっているんだろうと思ったら、私がここで客引きをしていると勘違いしているらしい。

「若いお兄ちゃんもいいけど、おじさんはどうかな」

私は無言で走り出した。背後から、

「ちぇっ」

と舌打ちする声が聞こえた。走ると胸が重たく揺れるのがまた悲しかった。

短大を卒業して、会社に就職するとまた面倒になった。とにかく男性がいる場所に行くと、面倒なことばかり起こるのだ。総務部の席に着くと、周囲の男性の顔がにやつくのがわかった。それを見た女性社員が、面白くなさそうな顔をする。慣れているとはいえ、またかとうんざりした。

それでも仲のいいユリコちゃんという友だちができた。同期入社で、明るくて気がよく、はきはきしている人だ。

「それにしてもあなた、胸が大きいねえ」

面とむかってそういわれたほうが、ちらちらと見られるより、ずっとましだった。

ベストとスカートの制服のある会社で、平均的胸囲の人にはゆるみがあるベストでも、ワンサイズ大きい物を着ても胸がぱつんぱつんになった。会社がオーダーを受け付けてくれないので、それを着るしかないのである。それなのに女子社員の中には、私が男性社員の目をひくために、わざとそういうふうにしていると噂《うわさ》をたてる人もいた。

「気にすることなんかないわよ。ひがみ、ひがみ。この間、着替えるときにちょっと見たんだけどさ、あの人の胸って、砂漠に大豆っていう感じだったわよ」

ユリコちゃんはそういって、会社の帰りに何度も慰めてくれた。そうはいわれても、私はついつい物事を深刻に考えてしまうので、こんな胸でなければと思ってしまう。用もないのに私の周囲をうろうろして、胸を盗み見ていく社員もいた。でも私の顔は見ない。そんなにやにや顔を見ていると、気分がふさいでくる。すると先輩の女性社員から、

「何がそんなにつまらないの？」

といじめられた。

「あなたの顔を見ていると、腹が立つわ」

といわれたこともある。私のミスでもないのに頭ごなしに怒鳴りつけられたこともあっ

でまた、あまりに彼女が妙ないいがかりをつけてくるので、見かねた主任がとりなすと、それ

「いいわね、あなたは男の人たちを味方にして」

と吐き捨てるようにいわれたりした。

社員旅行のときも大変だった。浴衣《ゆかた》を着て座っている私とユリコちゃんの周囲には、お銚子《ちょうし》を手にしたおじさんたちがいれかわり、たちかわりやってきた。

「えへへへへ」

すでに出来上がっているおじさんたちは、にやにやしながら、あぐらをかいた。

「ホリくん、どうだ、ひとつ」

「あのう、飲めないんです」

「まあ、そんな、かたいことといわないで。酔ったらおじさんが介抱してあげるから」

しつこくすり寄ってくるのを見たユリコちゃんが、

「もういいじゃないですか。この人は飲めないんですから。そんなに飲ませたければ、私がかわりに飲みますよ」

といって、ぐいぐいと飲んだ。彼女はザルといわれているくらい、底抜けに酒が強い。いつものことながら、びっくりして見ていると、いつの間にか隣に経理部のおじさんが座っていた。親しく話したことはないが、定年間近で白髪頭の、気がよさそうな人だ。彼はぐいっとビールを飲み干してにっこり笑い、

「ねえ、何カップ？」

と明るく聞いてきた。あまりにあっけらかんとしているので、私はつい、

「Fですけど……」

と答えてしまった。すると彼は、目を輝かせ、

「えっ、そうなの。そうかあ、いいなあ、いいなあ。Fカップかあ。それはいいなあ」

と赤い顔で何度もつぶやきながら、ぱちぱちと拍手をした。

「女の子はお尻《しり》と胸が大きいのがいちばんだよ。そうかあ、いいなあFカップ……」

おじさんはいつまでも拍手をしていた。

「あ、ああ、それは、どうも……」

私は思わず、ぺこりと頭を下げた。

そのうちおじさんは、酔っぱらって寝てしまい、私の周囲にはグラスを片手にへらへらと笑っている、顔しか見たことがない男性たちが集まってきていた。

「あーら、男の人がいっぱい。やだーん、どうしようかしらん」

ユリコちゃんがこわばった顔の私を見て、その場をまぜっかえしてくれた。

「みんながこんなにたくさん集まってくるなんて。どうしたの、ねえ、いったい、どうしたんですか」

彼女は一人一人の男性の顔をじっと見ながらいった。彼らはお互いに目をそらし、何事もなかったような顔をして、一人、二人と自分の席に戻っていった。が、座布団の上に座

りながら、上目づかいにして遠くからじーっと私の胸を見つめていた。そしてふっと視線をずらすと、そこにはこそこそと話をしながら、私のほうをにらみつけている女性社員たちの姿があったのだった。

それからますます先輩からいじめられた。挨拶《あいさつ》をしても無視される。聞こえよがしに、

「いつも男を誘うような態度をしてるのよ」

といわれる。ユリコちゃんが、

「そんないいかた、ないんじゃないっすか」

と文句をいうと、その後はもっといびられた。いい返せない自分がひどく悔しく、どんどん猫背になるばかりだった。そして一人でも男性社員がかばってくれたりすると、いじめはどんどんエスカレートしていった。会社でサンダルに履き替えている間に、履いてきた新品のパンプスが消えていたり、胸が墨汁で汚されたりした。しかし私は文句をいえず、ただじっと悲しい思いを抱えていた。

先輩や同僚のいじめにも耐えていたが、そのうち食事も喉《のど》をとおらなくなり、会社に行こうとすると吐き気がするようになった。母が、

「具合が悪いんだったら、無理しないで休んだら」

というので、会社を休んで病院に行った。医者は簡単に問診をして、私の喉をのぞきこんだあと、

「問題はないようですが。疲れがたまったんじゃないでしょうか」

といい、ビタミン剤らしき物をくれた。会社に行かなくてもいいと思うと、肩の力が抜けていくような気がした。胸が大きいとやたらと肩も凝るのである。しかしずっと休むわけにもいかないので、翌日、また痴漢の魔の手と格闘しながら出勤した。

待っていたのは、先輩、同僚の非難の目だった。また悪いことに、女性社員に人気のある既婚の係長が、

「どうしたの、風邪でもひいたの」

などと声をかけてくれたものだから、彼女たちの目はつり上がった。

「あんた、何で急に休んだりするのよ。書類がたくさんたまってるっていうのに。暇なときに席に座ってて、忙しいときに休んで私たちに仕事を押しつけるなんて、ずるいわねえ」

右隣に座っている先輩は、そういってにやっと笑った。

「申し訳ありません」

私は小声であやまった。

「あやまってもらったってね、仕事は残業して、もうやっちゃったわよ。どうしてくれんのよ」

左隣に座っている先輩には、ものすごく怖い顔でにらまれた。

「すみません」

私は体を縮こまらせた。

「どこが悪かったの？」

左隣が聞いた。

「いえ、あの、別に、何でもありませんでした」

「えっ、じゃあ、ずる休みだったの？」

彼女はものすごい大声を出した。

「いえ、あの、その、疲れが出たんだろうといわれました……」

私の声は小さくなるばかりである。

「あーら、そうなの。ろくに仕事もしないくせに。そうなの、疲れちゃったの」

そういいながら顔をのぞきこまれ、私は思わず目をそらした。

彼女たちは仕事に戻った。コンピュータで書類の処理をし、印鑑を押す。

「あの、私も書類を……」

そういいかけると右隣に、

「昨日、みーんな終わっちゃったから。あんたのやることなんかないわよ」

と怒鳴られた。部はしーんとしている。ちょっと離れた席にいるユリコちゃんは、心配そうにこちらを見ていた。

会社の帰り、私はユリコちゃんに、

「悪いところがあったら直すのに、直せないところについていじめられても……」

といいながら泣いた。ユリコちゃんは、

「あいつら、本当に許せない。ひがみっていやだねえ」

と怒ってくれた。会社に通うのは辛《つら》いから、もうやめたい、というと、ユリコちゃんはしばらく考えていたが、

「そんなの悔しいね」

といった。悔しいけれどこんな状態では、そのうち本当に体がおかしくなってしまうだろう。

「もう、いいの。嫌になったから」

私は辞表を出すことにした。

それを知った彼女たちには、

「あーあ、自宅から通っている人は、お気楽でいいわよねえ」

と嫌味《いやみ》をいわれた。でももうやめるとなったら、何をいわれても気にならなかった。そしていなくなる私には興味もなくなったのか、彼女たちは文句をいわなくなっていった。

私は失業者になった。家に食費をいれていることもあり、きちんとした仕事ではなくても、アルバイトを探そうと、求人情報誌であたりをつけて、面接にいった。しかし男性相手は嫌だし、女性が多い職場でも何をいわれるか怖くなっていた私は、どういう仕事を選んでいいのか悩んだ。

「子供しかないか」

情報誌に載っていたおもちゃ店に履歴書を持っていってみた。

「はい、どうぞ、どうぞ」

店長は白髪頭のおじさんだった。まず私の胸を見て、にやっと笑った。店の隅で履歴書を見ながらの質問に答えていると、入れ替わり立ち替わり、若い男性の店員が、にやにやしながら横に立ったり、後ろからのぞきこんだりした。

「おおっ」

「すげえじゃん」

「お前も行って見てきな」

そんな声を聞きながら、

(見せ物じゃない!)

と腹の中で叫んでいた。

「……で、いかがでしょうか?」

店長が笑った。後ろの騒ぎが気になって、ほとんど彼のいうことなど、上の空だったのだ。

「あの、もう一度、考え直してもいいでしょうか」

しどろもどろになってそういうと、彼は、

「はあ」

と不思議そうな顔をしながら、うなずいた。

「それではこちらから、連絡いたします」

深々とお辞儀をして、足早に店を出ようとした。通路の両脇《りょうわき》に男性の店員さんたちが並び、にやにや笑いながら、

「また、どうぞ」

といった。

せっかく新しい職場を探しにきたのにと思いながら歩いていると、金髪に紫色のソフトスーツを着た男が、

「ねえねえ、彼女」

と近づいてきた。

「いい仕事があるよ、どう？　ちょっと話だけ聞いてくんないかなあ」

前に立ちふさがって通してくれない。

「急いでいますから」

「そんなこといわないでさあ、いいでしょ、ね、三分だけ、ねっ」

男は歩きはじめた私にまとわりつきながら、ビデオに出れば一日で最低二十万は稼げること、そして多いときにはひと月、二百万くらい稼げるといった。そんな話にひっかかるもんかと、無視していると、彼は、

「ねえ、きみさあ。もったいないよ。そんないい道具を持っててさあ」

と私の顔を見て、にやっと笑った。

道具？　と首をかしげながら、私は歩き続けた。

った。

「もったいないよ。それだけの体しててさあ」

いちばん望まれているのは、そういう職場しかないのだろうか。頭にかーっと血がのぼった。

「人間はね、生まれつきの自分の長所を活かせる仕事に就くのがいちばんなんだよ。僕がスカウトした女の子たちもね、最初は疑っていたんだけど、今はやってよかったっていってるよ。ね、自分の体でそれだけ稼げるなんて、すげえことだと思わない？」

生まれて初めて、この胸をこんなに誉めてくれたのが彼かと思うと、情けない。

「いいです」

小声で断っても彼はしつこい。

「胸を整形する子が多いのに、きみはそのまま、十分いけるんだからさ。大丈夫、顔はいくらでも整形できるから」

私は思わず立ち止まった。

「ね、あそこに事務所があるからさ、そこで、ね、頼むから話だけ聞いて」

彼は拝んだ。私は彼の言葉を、心の中で繰り返した。

(顔はいくらでも整形できる?)

胸はいいが顔はだめだということか。

「ちょっとだけ。もう、きみ、僕の探してたイメージにぴったり」

私は彼の顔をにらみつけ、全速力で走っていった。背後から、

「あ、待てよ」

という声がしばらく追いかけてきていた。

それからもアルバイトはなかなか見つからず、家でぼーっとしていると、最初は心配していた母も、顔をしかめるようになった。このごろ彼女は体が締めつけられるのは嫌だといって、下着をつけなくなり、母の大きな胸は野放し状態になっていた。私が、

「ちゃんと下着ぐらい、つけたら」

と注意したのにである。母のそういう姿は、二十数年後の自分の姿を見るようで、うんざりする。

「あーら、だって、楽なんだもん。外に出るときはちゃんとつけるから、いいじゃない」

国産品では私と同じように、サイズに不自由する母は、近所の下着店から輸入品の下着を取り寄せている。大きいサイズはバーゲンには絶対に出ないので、とても不経済なのだ。だから二枚だけ買い、それを手洗いして、何年ももたせている。ため息をつくと、

「ため息をつきたいのはお母さんのほうよ。あなた、仕事はどうするの」

と反撃に合い、私はすごすごと部屋に引っ込んだ。

ユリコちゃんに電話をしてみた。

「ホリちゃん、何やってるの」

「何もしてない」

ぽりぽりとお菓子を食べている音が聞こえてきた。

「で、どうすんの」

「わかんない」

ぽりぽりという音だけが受話器から響いてくる。

「ふーん」

「でも、私、考えたんだけどお」

ユリコちゃんがいった。

「うん」

「あなた、気にしすぎなんじゃないの。たしかに目立っちゃうのはしょうがないけど、あまり気にしすぎたら、何もできなくなっちゃうじゃん」

「それはそうだけど……」

「変な男たちとかさ、うるさい女たちなんて、気にしないことよ。今の世の中はさ、なんでも目立ったほうが勝ちだよ。夏なんか裸みたいな格好して歩いてるし、胸が大きくたって、みんなこれみよがしに突きだして歩いてるよ」

「だから、だから、それができれば……」

「うーん」

ユリコちゃんはしばらくうなっていたが、

「そんなこといってたら、一生、そのまんまだよ」

といった。そのとおりだ。いつまでもこんな胸じゃなければと思い続けていたって、胸が小さくなるわけじゃない。

「あなたは女の子にうらやましがられるような物を持っているのよ。自慢しなさいよ」

私は怪しげな男に怪しげな仕事に誘われたことを話した。

「そこまでいっちゃあねえ」

ユリコちゃんはふふふと笑った。

「でも、それくらいの根性がないと、だめだっていうことよ。何をやっても。これは胸が大きいとか、小さいとかいう問題じゃないよ。あんたの気持ちの問題！」

会社にいるときとは違い、ユリコちゃんは厳しかった。でも、もっともだと思い電話を切った。

だからといってどうしたらいいかわからない。この胸を活かすにはさっさと結婚して、子供でも生んだほうがいいのかと、母に母乳の出はよかったかと聞いた。すると、

「それがねえ、悪かったのよ。姑《しゅうとめ》さんからも、『見かけだおしねえ』っていわれて、とても嫌だったわ」

という。ますます気分が暗くなった。

風呂《ふろ》に入り、鏡に自分の体を映してみた。たしかに首から下は完璧《かんぺき》かもしれない。よくうちの郵便ポストに、アダルトビデオのチラシが入っていて、それを見ることがあるが、外国人をのぞけば、たしかに私のほうが勝っている。あの紫色のスーツのお兄ちゃんがいったことは、当たっているのかもしれない。

「ふーむ、そうか」

　今度はポーズをとってみた。素っ裸ではあまりになまめかしすぎる。次に脱衣所で下着姿でやってみた。たしかにこのくらいの体で、グラビアに出ている女の子はいる。しかし、顔が……地味だ……。

　自分の部屋に急いで戻り、化粧品を取り出した。新製品が出ると買ってしまうので、ひととおりは全部揃《そろ》っている。ふだんはしない、アイライン、マスカラ、チーク。口紅も流行の茶色くて光るのを、唇の輪郭よりも大きく塗ってみた。やり始めたら、途中でやめることができない。悪戦苦闘の末、やっと出来上がった。

「だめだ……」

　机に突っ伏した。鏡の中にいるのは厚化粧のこけしだ。私は明日からまた、地道に地味な仕事を探そうと思ったのだった。

茶色い娘

朝食が終わり、カズコが台所で洗い物をしていると、学校へ行く娘のアッコが、黙って通り過ぎようとする気配がした。

「ちょっと、いってきます、くらいいいなさい」

アッコは黙っている。

「ほら！」

カズコが声を荒げると、うんざりした顔で、

「いってきます」

と面倒くさそうな小声でいった。

「学校の帰りにうろうろするんじゃないのよ。それとね、そのヴィトンのバッグ。学校に持っていくのはやめなさいっていって、何度もいってるでしょ。教科書を入れるのに、そんなバッグはいらないはずよ。そうだ、それとね……」

カズコの話が終わらないうちに、アッコはばたんと勢いよくドアを閉めて、出ていってしまった。

「全くもう」

ため息まじりにつぶやき、カズコはしばらく誰もいない玄関をにらみつけていた。

カズコは四十四歳、専業主婦である。娘のアッコは私立高校の二年生。偏差値が高くもなく低くもない、普通のランクでアッコの成績も中の中である。夫のマサシは札幌に単身赴任中で、東京郊外の家にはカズコとアッコの母娘二人と、ミミちゃんというシーズー犬が住んでいる。このミミも、高校の入学祝いに、アッコが大騒ぎして欲しい欲しいとわめき、

「どうせ面倒見るのは、私なんだから」

とカズコが難色を示したのに、娘に甘いマサシが買ってきてしまった。最初はアッコもかわいがっていたが、世話をやいていたのは半年で、その後の世話は一切、カズコの役目になった。ミミのトイレやベッドがわりのマットが汚れても、それを見ていながら、触ろうともしないのだ。

カズコにとってアッコは、悩みの種になっていた。第一志望の高校に入学してやれやれと思い、ふと気がつくとアッコがだんだん色黒になってきた。色の白いのだけがこの子の取り柄だったのにである。

「どうしたの、いったい」

問いつめてみると、色の白いのは太ってみえるから、友だちに誘われて日焼けサロンで焼いているという。

「そんなことをして、肌が荒れたらどうするの」

びっくりしてカズコが叱《しか》っても、

「いいじゃん、別に。あたしの顔なんだから、放っておいてよ」

とそっぽを向く。色が黒くなるに従って、眉毛《まゆげ》もどんどん細く、うねるような形になり、素朴だった顔立ちが、急激に老けて見えるようになった。おまけに全体的に茶色い、不健康な色の化粧。

「制服に化粧なんか、似合わないわよ。やめなさい」

いくらカズコが叱っても、アツコは聞く耳を持たない。それどころかマニキュアまでして、学校に行っている。

「どうしてあんたは、そんなにいつも荷物が多いの？　何が入ってるの」

嫌がるアツコのバッグをむりやりひったくって、中身を調べたこともあった。中から出てきたのは、ＰＨＳ、ブラシを含む化粧道具一式、オー・ド・トワレ、お菓子、プリクラ用のアルバム、制服のグレーのプリーツスカートだった。丈が異様に短い。

「何これ」

「別に」

「別にって、どうしたのよ、このスカート」

「制服だよ」

「わかってるわよ。どうしてこんなふうになってるの？」

カズコはスカートを自分の体にあててみた。ウエストから足のつけ根ぎりぎりの長さである。

「こんなに短いじゃないの。校則違反でしょ」

「うるさいなあ、もう。なんでがたがたいうんだよ。放っておいてよ」

「いつも、放っておいてっていうけど、そんなことができるわけないでしょ。あなたはまだ、社会人じゃないのよ。親に食べさせてもらってる身なんだからね。それをよーく覚えておきなさいよ」

「ふん」

アッコは鼻でせせら笑った。

「どうだっていいじゃん」

「よくありませんっ！」

カズコは大声を出した。アッコは、学校からの帰りに駅のトイレで、短いスカートに穿《は》きかえるのだという。

「どうしてそんなことするのよ」

「だって、長いのはださいじゃん。あんなださいスカートで、渋谷を歩けないもん」

アッコは腕組みをして、横目でカズコを見ている。

「そもそも、学校の帰りに渋谷をうろつくことが、間違ってるの。まっすぐ帰ってらっしゃい、まっすぐ。とにかくこれは預かっておきます」

「ふざけんなよ」

突然、アッコがとびかかってきた。カズコがひるむと、さっとスカートをひったくり、ものすごい勢いで二階に上がっていった。ミミがあわてて追いかけた。

「やめなさい」

首をかしげて、階段の途中からミミは戻ってきた。

「お姉ちゃんはどうしてああなっちゃったかねえ」

ミミを抱き上げながら、カズコはつぶやいたのだった。

いくらカズコが文句をいっても、アッコの行動に変化はなかった。親の目から見ても、薄汚くみえる。とてもじゃないけど、顔を見たら高校生にはみえない。たしかにカズコが高校生のときも、化粧をしたりする学生はいた。だけど下品だとは思わなかった。しかしあの茶色顔はどう見ても品がない。安室奈美恵はかわいらしく似合っているが、もともと色白で丸顔のアッコには、日焼けサロンで焼いたとしても、似合うわけがない。それがわからないのかと、カズコはとても情けなくなるのである。

顔を合わせれば喧嘩《けんか》になるので、最近はほとんど口をきかなくなった。三歳年下の隣家の奥さんに、この話をすると、

「でもまだ、アッコちゃん、ちゃんと家に帰っているんでしょう」

といわれた。

「ええ、遅くても九時には帰ってくるけど」

「じゃあ、いいじゃないの。今は高校生の外泊なんて、ざらなんだって」

カズコは頭が痛くなってきた。

カズコは札幌のマサシに電話をかけた。アッコが日ましに色が黒くなっていくこと。学校の帰りに渋谷をうろうろしていて、スカートをトイレで穿きかえていること。言葉遣いが悪く、テレビに出てくる、見ていてぞっとするような女子高校生になってしまったと、一方的にまくしたてた。カズコは返ってくる言葉を待った。しかし受話器から聞こえてきたのは、

「へっくしょい」

というくしゃみだった。

「ちょっと、まじめに聞いてよ」

カズコは思わずかん高い声を出した。

「聞いてるよ。風邪をひいてるんだ」

「いやね、大事な話をしてるときに」

カズコが顔をしかめると、今度は、

「あーあ」

とあくびをしている。

「ふざけないでよ。あなた、アッコが心配じゃないの」

「考えすぎじゃないか。流行だからやってるだけなんだろ。時代が違うんだよ。お前だって、若いころ、はやりの格好をしただろうが」

たしかにカズコもミニスカートがはやるやいなや、スカート丈を全部直した。ぽっくり

のような底の厚い靴も履いた。しかし学校に行くときは普通だった。

「学生なんだから、学生らしくしてくれないと困るのよ」

「だから、そういうのが今の学生らしいっていうやつじゃないのか」

「あなたが甘やかして、ヴィトンのバッグなんかを買ってきたりするから、つけあがるのよ。私だって、ヴィトンなんて持ってないわ」

「貸してもらえばいいじゃないか」

「そういう問題じゃないの！」

電話口でカズコは怒鳴った。

「おれは疲れてるんだよ」

マサシは嫌そうにつぶやいた。

「わかってますよ。わかっているけど、仕方がないじゃないの。このままじゃ、あの子、どうなるかわかりませんよ」

「大丈夫だよ。心配するなって」

「だって、あなた」

カズコはワイドショーで見た、平気で体を売ってお小遣いを稼いでいる女の子たちがいることを説明した。

「ばかだな、お前。アツコが同じことをやると思ってんのか」

「やるとは思ってないけど、気をつけるにこしたことはないでしょ。友だちにひきずられてっていうこともあるし。あの子の友だちも気になるのよね。つきあうのはやめてもらいたいんだけど」

「そんなこといったって。毎日顔を合わせていれば、親だもの、気になるに決まってるでしょ」

「あまりうるさくいうな。気にしすぎだぞ」

マサシはぽわーっとあくびをした。

マサシは黙った。カズコは娘のことについて、夫と話し合いたかったのだが、取り合ってはもらえなかった。

「今度、いつ帰ってくるの」

「月末かな」

「じゃ、そのとき、きっちり話し合いましょ」

「ああ、わかった、わかった」

虚しい気持ちでカズコは電話を切った。

玄関のドアが開いて、アツコが帰ってきた。九時だ。ミミが尻尾《しっぽ》を振ってじゃれついた。

「はーい、ただいまあ」

犬には抱き上げて挨拶《あいさつ》をするが、母親は無視だ。

「おかえり」

そういっても無言のままである。

「御飯は？」

「いらない」

「どうして」

「食べたから、マックで」

「誰と」

「そんな の誰とだっていいじゃん。関係ないだろ」

「あります。誰と一緒だったの。学校が終わってから、どうして帰るのがこんな時間になるの。何をやってるの」

「うるさいなあ、もう。超うるさい」

「あなたがうるさくいいたくなるようなことをするからよ」

　アツコは二階に上がっていってしまった。その夜、風呂《ふろ》に入りながらカズコは、絶対に放っておけないと思った。マサシの言葉は思い出せば出すほど腹が立つ。

「本当にあの人は役に立たないわ」

　カズコはスポンジに思いっきりボディシャンプーを垂らし、がしがしと体をこすった。

　翌朝、無言でアツコは出ていき、カズコも黙って見送った。しばらくしてカズコは、二階に上がり、アツコの部屋のドアノブにそっと手をかけた。ところが鍵《かぎ》をかけていったらしく、開かない。アツコは掃除は自分でするからといって、カズコを部屋に入れることはなかったが、鍵をかけるなんて今まではなかったことだ。彼女は胸をどきどきさせたまま、合い鍵を取りに行き、娘の部屋のドアを開けた。

中は思ったよりもきれいに片づいていた。ピンクやブルーのパステルカラーと、キティちゃんグッズがあふれんばかりになっている。雑貨類が棚に飾られ、教科書は背表紙が見えないように、床の上に積まれていた。思わず忍び足になりながら、カズコは机の引き出しに手をかけ、次の瞬間、手を引っ込めた。いくら娘の部屋だとはいえ、こんなことをしていいんだろうか。そしてまた次の瞬間、自分の子供だもの、心配だったら、そのくらいのことはしていいんだという声も聞こえてきた。しばらくカズコは机の前で考えていたが、意を決してそろりそろりと引き出しを開けた。きれいに整理されている。

「感心、感心」

うなずきながら点検すると、ちょっとふくらんだピングー柄の封筒があった。それを手にとり、ちらりと中を見てカズコはひっくり返りそうになった。そこにあるのは一万円札の束だった。目をしっかりとつぶり、ゆっくりと目を開けて、もう一度、見た。やっぱり入っている。

「何なの、これ……」

四十枚もあった。こんな大金、マサシでさえ与えるわけがない。カズコは一気に頭に血が上り、引き出しの中身をぶちまけたくなったが、必死におさえて点検を続けた。他に怪しい物は見あたらない。次にカズコは衣類が入っているタンスに手をかけた。

いちばん上の小さな引き出しには、ソックスやハンカチが、きれいにたたんでしまってある。これは几帳面《きちょうめん》なカズコのしつけが、ゆきとどいた結果である。カズコは自分の鼻息が荒くなっているのがわかった。指先でそっとソックスやハンカチをめくってみたりしたが、特に変わった様子はなかった。

次の引き出しは下着である。驚いたのは下着用の引き出しが三つあったことだ。

「いつの間にこんなに買ってたのかしら」

カズコはアツコの私服をチェックしていた。テレビのワイドショーで、

「買ってやった覚えがない洋服を、数多く目にするようになったら要注意」

といっていたからである。たしかにヒールが十センチもある靴を履いたり、ミニスカートに体にぴったりしたセーターを着たりということはしていたが、それは小遣いの範囲内でまかなっているようだった。マサシが帰ってくると、一万円とか二万円とか、小遣いをやっているようで、そのなかで買っていると思われた。しかし下着まではチェックはしない。洗濯はアツコが自分で手洗いをして、自分の部屋のベランダに、別に干していたし、それを目にしても、カズコは柄だの形だの、いちいち点検なんかしていなかったのだ。

カズコは指先でたたんである下着を崩さないようにして、そっとめくってみたりした。

「まあ」

シンプルな白地に小花模様だったり、十代の女の子が好むようなデザインにまじって、豪華なレースの物も多かった。タグを見ると中にはフランス製もまじっている。白はもちろん、ブルー、ワイン、赤、エメラルド・グリーンなど、美しい物ばかりだ。ほとんどが

ブラジャーとショーツがセットになっていて、それが山のようにある。

「まあ」

口から出るのは「まあ」ばかりである。

カズコのタンスよりも、はるかに娘のタンスのほうが充実していた。カズコはフランス製の下着なんて買ったこともない。上下のセットどころか、上はピンクで下はベージュなんていうことは、日常茶飯事である。夫の前で下着姿になることなんて、最近は皆無であるから、体が冷えなければ下着なんかどうでもいいとすら思うようになった。

目の前の美しい下着を見て、カズコは怒りがこみあげてきた。

「どうしてこんなにたくさんいるの？　どうしてこんなに買えるの」

今度はその下の引き出しを開けた。

「……」

カズコは思わず息をのんだ。頭に血が上ったり、怒りがこみあげたり、息をのんだり、もうくらくらしてきた。そこにずらっと並べられていたのは、色とりどりのレースのガーターベルトであった。

「高校生が。こんな物が必要なの！」

カズコはたたんでしまってあった、美しいガーターベルトをぎゅっと両手で握りしめた。

「ん？」

引き出しの隅に、箱に入ったかわいい柄の小さな袋がいくつかあった。

「！！！」

それはコンドームであった。カズコはめまいがしてきて、その場にへなへなとへたりこんだ。見間違いかもしれないと、しっかりと目をつぶり、もう一度見てみると、さっきのお金と同じく、やはりあった。明らかに箱をあけ、使っている形跡がある。

「うーん」

カズコはそのまま仰向《あおむ》けにひっくり返って目をつぶった。何も考えられない。が、何かを考えなければならない。これまでは腹が立つことばっかりだったのに、こういう物を目にしてしまうと、不安でたまらなくなってきた。頼りにならないと思っていたマサシにも、早く帰ってきて欲しかった。

しばらく寝ていたカズコは、がばっと飛び起き、マサシの会社に電話をかけた。

「はい」

不機嫌そうにマサシは電話に出た。

「あなた、すぐ帰ってきて欲しいの」

「何をばかな事をいってるんだ」

マサシは小声で怒った。

「大変なことになってるの、アッコが。もう、私、どうしていいかわからないわ」

カズコの目から涙があふれ、涙声になった。思っていたよりも事態が深刻だと察知したマサシは、

「わかった。あとでこっちから電話をするから」

といって電話を切った。

カズコは鼻をすすりながらアッコの部屋に戻り、ぐしゃっと握ってしまったガーターベルトを元のようにきれいにたたみ、指紋が残らないように、エプロンでタンスの表面を拭《ふ》いたあと、部屋を出た。

「ミミちゃん、いったいどうしたらいいのかしら」

いつの間にか後をついてきているミミに相談しても、ミミはじっと首をかしげているだけだった。

昼休みになって、マサシが電話をかけてきた。カズコがまた涙声になりながら、事情を説明すると、さすがに呑気《のんき》なマサシも絶句した。

「何ていうことをしたんだ、お前は」

「いけないとは思ったわ。でもこうしなかったら、私たち、ずっとあの子のやっていることがわからなかったのよ」

「でも、そういう物があったからといって……」

マサシはうなるばかりだった。彼は暗い声で、月末に帰る予定を変更して、明日、金曜日の夜に帰るといって、静かに電話を切った。

カズコは何もする気がせずに、ミミを膝《ひざ》の上に乗せ、呆然《ぼうぜん》とソファに座っていた。とにかくマサシが帰るまでは、アッコに部屋を調べたことを知られてはならない。お金のことも何もかも、知らないふりをしていなければならないのだ。その夜、アッコが帰ってきたときも、なんとかとりつくろってごまかし、夫が帰ってくるのを待つばかりになっていた。

金曜日の夜、アッコは八時過ぎに帰ってきた。娘が二階に上がるたびにどきどきする。

「あのさあ」

本を手に下に降りてきたアッコが、不機嫌そうに声をかけてきた。ぎょっとしたカズコは、

「ああ、な、なあに」

とうろたえた。

「あのさ、あたしさ、どうしてこんなにださい名前なの」

アッコの言葉にほっと胸をなで下ろしながら、

「そんなことないわよ」

とカズコはいった。

「結婚したら名字は変わるけどさ、下の名前は一生、変わらないじゃん。あたし、名前変えるからね」

この子も結婚する気はあるのだ。

「簡単には変えられないわよ。変な名前じゃないもの」

「変だよ。超変なの。まったく、親の趣味でつけるから、子供に迷惑をかけるんだよ」

アッコはソファに座り、「運が開ける名前のつけかた」という本を、これみよがしに開

いた。

マサシが帰ってきた。アッコが不思議そうな顔をしている。

「元気だったか」

マサシは妙に明るく声をかけた。

「まあね」

アッコは本に目を落とした。

「本を読んでいるのか。感心だなあ」

わざとらしいマサシの態度に、カズコははらはらした。もちろんアッコには無視されていた。マサシは急に落ち着きがなくなり、それを見たアッコは、ミミをつれて二階に上がっていってしまった。

「しっかりしてよ!」

カズコは怒った。

「どうしたらいいのか、わからないよ。本当にそうだったのか? お前、まさか幻覚を見たんじゃないだろうな」

「間違いありませんよ。とにかく、やめさせなければいけないんですから。父親として、きちんと話をしなくちゃ」

「うーむ」

マサシはトイレに行ったり、台所をうろうろしたり、窓から顔を出して深呼吸をしたり

していたが、

「よし、アッコを呼びなさい」

といってソファに座った。カズコが声をかけると彼女は、

「なんだよ」

と仏頂面で降りてきた。

「ここに座りなさい」

目の前に座らせると、

「お小遣い？　わあ、いくらくれんの」

といってはしゃいだ。

「違う。話がある」

また仏頂面に逆戻りである。

「最近、女子高生の生活は乱れている。そこでだ。悪いとは思ったが、お母さんが、お前の部屋を調べた」

「えーっ、なんでそんなことするんだよ。ひどーい、プライバシーの侵害じゃないか。そんなの泥棒と同じだあ。さいてー、信じらんない。何でそんなことするんだよお」

アッコは金切り声を出した。カズコはマサシがのっけから直球を投げてしまったので、どうすることもできない。

「お前たちは最低だあ」

アツコは今まで見たことがない顔で、二人をにらみつけた。

「あのお金はどうした」

静かにマサシはいった。

「知らないよ。お金なんか」

「机の中にあるでしょ。ペンギンの柄がついた封筒に入って。いったいどうしたの。アルバイトでもしたの。どんなアルバイト？」

カズコはなるべく穏やかに話を持っていこうとした。アツコは腕組みをして脚を組んだ。二人は娘の堂々とした態度に思わず息をのんだ。

「もらったんだよ。男から」

二人は顔を見合わせて、がっくりと肩を落とした。

「もらったって……」

二人がいいよどんでいると、アツコは、

「だからあ、あたしが援助交際をしてるか聞きたいんでしょ。あたし、寝てお金もらってるよ」

と、にやっと笑った。あまりのはっきりとしたいいっぷりに、二人は娘の目の前で置物みたいになってしまった。

「そんなことしていいと思ってるの」

口から心臓が飛び出しそうになりながらカズコがいった。

「あたしの場合はさ、つきあっている人が決まってるからあ、売春じゃないよ。好きな人としか寝ないしさ。カップルだって、男が女に洋服を買ってあげたりするじゃん。それと同じだよ。服じゃなくて、お金をちょうだいっていって、もらっているだけ」

開き直っているのか、悪びれない堂々とした態度に圧倒された。

「何人とつきあってるの」

すでにマサシは無言モードに入っていた。相手は三十代のサラリーマンと、あとは手広く商売をやっている男性と、医者の息子だという。

「今すぐやめなさい！」

カズコは怒鳴った。アッコは黙っている。

「親として、そんなことは絶対に許しません」

するとアッコは、

「お願いだから、あと半年だけさせて」

などといいはじめた。

「ふざけるのもいい加減にしないかあ!!」

ものすごい音がして、アッコが横に倒れた。無言モードに入っていたマサシが、力一杯、殴ったのである。

「あああ」

カズコはどうしてよいかわからず、ただおろおろするばかりだった。

「わあーっ」

アッコも大声で泣き出した。

「お前は、お前は、どうしてそんなことをするんだ!」

仁王立ちになってマサシは叫んだ。泣きじゃくりながらアッコは、

「留学したいんだよう」

とつぶやいた。夫婦は顔を見合わせた。

「英語の勉強をしたいから、イギリスに行きたいんだよう。だけどお金がかかって、お父さんたちを頼るのも悪いから、自分でお金を稼いで、行こうとしてたんだよう」

テーブルに突っ伏して、アッコは泣いた。たしかに彼女は英語の成績はよかった。

「だからっていったって、お前」

今度はマサシが泣き出した。カズコも目から涙がほとばしり出た。三人はいつまでもおいおいと泣いていた。アッコのいったことはすべて本当だった。しかし夫婦は、娘が泣いたのは殴られた痛さで泣いただけで、心が痛んで泣いているのではないことは、全くわかっていなかったのであった。

嫌いな人

私は三十歳、新婚半年。そう聞くとほとんどの人は、

「まあ、今がいちばんいいときねえ」

などという。いちおう、

「ええ、まあ」

と笑ったりするが、現実は最悪だ。子供が生まれないうちに、とっとと離婚してしまおうと思っているのだが、なかなかふんぎりはつかない。別に夫のことは嫌いではないのだが、とにかく夫の両親、妹にはいい加減、うんざりさせられているのである。

夫とは会社で知り合った。私よりも二歳年下で、まじめでおとなしい人だ。当時、私は十歳年上の上司と不倫をしていた。社内でもばれていたし、相手の奥さんにもばれていた。当時、私が住んでいたマンションに奥さんから電話がかかってきて、ヒステリックに罵《のの》しられたのも一度や二度ではない。最初は、

「妻と別れて、きみと結婚する」

といっていた彼であったが、私が、

「いつ離婚してくれるの」

とたずねると、もごもごと口ごもってはっきりと返事をせず、

「やっぱり子供が……」

などといいはじめた。

「じゃあ、別れないのね」

と聞くと、

「いや、別れる」

という。そこでまた、

「いつ？」

とたずねると口ごもるという、その繰り返しであった。

私はそれを信じていたが、時がたつにつれて、

「もう、これはだめだ」

と思うようになった。しかし私が別れるというと、彼は必死に引き留めようとした。あまりのいじましさにうんざりしていたところへ、現在の夫が近づいてきたのである。彼はもちろん私と上司の関係も知っていて、それを承知で結婚したいといった。

「いいの？」

と何度も念を押しても、

「いい」

ときっぱりとうなずく。見栄えはしないものの、私の過去も承知でそういってくれているのだからと、私は彼と結婚しようと決めたのである。もちろん、同僚からはいろいろと

いわれたらしい。

「結婚してくれない上司へのあてつけ」

「お前はただの逃げ場」

「ああいう女は、家庭に入っても満足するわけがないから、同じことを繰り返す」

それでも彼は、そんな雑音に耳をかさず、黙々と仕事をしていた。彼との噂《うわさ》が社内に広まってから、上司は手の平を返したように冷淡になった。電話もかかってこなくなり、私を無視するようになった。それを見て、はっきりと不倫関係は終わったのだとわかった。

二人の間では結婚は決まったが、彼の両親は最初、難色を示していた。私が年上だからだ。たった二歳なのに。特にお母さんのほうは、

「三十歳まで一人だったなんて、ろくな生活をしていないんじゃないの。学校を卒業したてのお嬢さんをもらいなさい」

といったらしい。たしかに私はそうだが、こういう場合はしらをきるしかない。お父さんもそこまではいわないまでも、

「年上はなあ」

と渋っていたというのである。それでも彼は必死に説得した。両親の態度がころっと変わったのは、私の父親が開業医をしていると知ってからである。あれだけ文句をいっていたのに、

「まあ、それはそれは」

と突然、乗り気になり、話はとんとん拍子に進んだ。うちの父親にも、

「ご立派なご家庭のお嬢様で」

とあれだけぶつぶついっていたくせに、おべんちゃらをいった。

「はあ、どうも」

無愛想な父親はそういわれても、むすっとしていたが、彼の母親は熱心に、どのくらいの規模の病院かを聞いていた。

それから彼の母親は、

「カオルさんは地元では名医で有名な先生の娘だ」

と親戚《しんせき》縁者、近所の人々に吹聴《ふいちょう》してまわり、自慢しまくっていた。彼には妹がいるのだが、彼女からは、

「お父さんの知り合いで、独身のお医者さんがいないかしら。いたら紹介してって頼んで」

といわれる。妹は姑《しゅうとめ》に何から何までそっくりだった。私は彼の家族は、彼以外、好きになれなかったが、二人がうまくやっていれば、それでいいと思っていた。同居をするわけでもないし、適当にあしらっていれば、いいだろうと思っていた。しかしそれが、とても甘い考えだったと悟ったのは、結婚してすぐだった。

姑は、八畳のリビングと六畳が二間の、私たちの住まいに毎日やってくる。それも朝、十時にだ。

「カオルさん、ちゃんとやってるの」

が口癖である。テーブルの上にお菓子が並んでいようものなら、

「まあ、うちのタカシが会社で一生懸命に働いているというのに、女房は家でのんきにお菓子を食べているわけ？　ああ、タカシがかわいそう」

といって姑は勝手にテーブルの上を片づけようとする。私は嫌なことがあると黙っていられないので、

「自分でしますから、放っておいて下さい」

とついいってしまう。それが姑の頭にくるらしく、

「かわいげがない人ねえ」

とにらまれた。そしてそのあと必ず、

「だから、すれてないお嬢さんと結婚しなさいっていったのに。タカシがどうしてもあなたと結婚したいっていうから、しぶしぶ承知したら、このざまだわ」

といわれた。私は人に陰口をたたかれたりするのには慣れていたから、そういわれても、ふふんと鼻で笑っていた。それもまた姑の怒りをかい、

「神経が図太すぎる」

と呆《あき》れられた。

とっとと帰ればいいのに、姑はなかなか帰らない。とにかく毎日、室内をすべてチェックしないと、気が済まない。当初は私も気になって、姑のあとにくっついて歩いていたが、

最近は面倒くさくなって、ソファに座ったまま無視している。

　姑は私たちのマンションに来ると、がさがさと動きまわる。嫌だなと思っても、いちおうお茶くらいはいれる。そうすると、ソファではなく床にぺたんと座り、ずずっと一気に飲み干す。そして、

「さてと」

　といいながら、チェックを始めるのである。なるべくチェックするのを遅らそうと、煮えたぎるお湯でお茶をいれているというのに、そんな熱いお茶でも姑はあっという間に飲んでしまう。いったい体の中はどういう具合になっているんだろうかと、首をかしげるばかりだ。

「タカシの部屋のカーテンを緑に替えたのね。あの子は青が好きなのよ。前のほうがよかったんじゃないの」

　隣の部屋に行って目ざとくカーテンを替えたのを見つけ、まだお茶を飲んでいる私のところに戻ってきて、文句をいった。

「タカシさんが緑がいいっていったんです。それにその部屋は、タカシさんだけの部屋じゃありませんから」

　姑は私をにらみつけた。

「ただカーテンを替えたのねっていっただけでしょ。そういういい方はないんじゃないの」

「そうでしょうか。まるで私が悪いことをしたみたいにいわれたから」

「本当にカオルさんって、素直じゃないのね」

私はふふんと笑いながら、知らんぷりをしていた。

もちろんチェックがはじまった最初の一週間は、姑にああだこうだといわれても、

「はい、はい」

といいたいことも我慢して、心の中におさめていた。ところがもともと腹の中にあることを黙ってはいられない性格なので、だんだん気分が暗くなってきた。それでこれじゃいけないと思い立ち、向こうがいいたいことをいうんだから、こっちもいってやろうと決めたのである。不必要な我慢は体に悪い。いくらそれで姑に嫌われたって、どうだっていいやと開き直ったのだ。


そんな私の態度を姑が気に入るわけがない。結婚してすぐ、姑との仲は最悪になった。夫に、留守中の出来事を話しても、

「ふーん」

といういうだけ。

「どう思ってるのよ。こういう現実を」

と意見を求めると、

「何でもいいから、うまくやってくれよ」

とすがるような目をする。

「でも、私、お義母《かあ》さんは大嫌い」

そういうと夫は、

「気が合わないんだから、しょうがないさ」

とはなからあきらめている。とにかくいうことをきいて、我慢しろといわれないのだけが救いだった。

姑は私たちが決めたことがすべて気にいらない。カーテンはもちろん、家具、鍋《なべ》、食器に至るまで、自分の意見を入れたがるのである。土鍋の柄にまで文句をいわれたときには、鍋で頭をかち割ってやろうかと思ったくらいであった。そんな性格であるから、私の服装にもとてもうるさい。ちょっと目新しい服を着ていると、

「それ、どうしたの」

と鋭い目でにらむ。

「別に」

そういってそっぽを向くと、

「まあ、その態度はなあに」

と金切り声を出す。

「押入れを整理していたら、ＯＬ時代に買ったのが出てきたんです」

「それならそうと、最初っからそういえばいいじゃないの。何よ、『別に』なんていったりして」

姑の目はつり上がっている。このごろ私は、姑の怒る顔を見るのが、楽しみでたまらなくなった。彼女が怒れば怒るほど、私の力がわいてくるような気がしてくる。こちらが挑発すると、面白いようにのってくるのが、快感にもなっていた。しかしそれも毎回ではなく、時にはうんざりして耳をふさぎたくなるときもある。その二つの感情が、交互に押し寄せてきて、私の神経は穏やかになるときがないのだった。

私が家にいるから顔を合わせるので、いなければいいのだと、夫を送り出してから外に出たこともあった。私がいてもいなくても、あの人はやってくる。合い鍵《かぎ》を持っているから、そんなことはおかまいなしなのだ。へそくりを手にデパートに行ったこともあるし、財政が逼迫《ひっぱく》しているときは、散歩がてら二駅先の公園まで歩いていったこともあった。しかし戻ってみると、姑は座敷わらしのように室内に座っていた。台所の流しに置きっぱなしにしておいた食器は全部洗ってあり、家具の配置まで変わっていて、洗濯までしてあった。

もちろんそれからは小言である。皿はちゃんと洗え、洗濯はこまめにしろ、タカシの部屋の家具の配置はこのほうが使いやすいなどなど、機関銃のように口から出てきた。それに対しても私は黙っておらず、食器洗い機にまとめていれるからいい、へたに洗濯の回数を多くするのは、資源の無駄遣い、家具の配置はタカシさんが全部決めたといい放った。

もちろん、そこで相手がいうのは、

「あなたって、本当に素直じゃないわね」

という決まり文句である。この言葉を聞くと、私は心の中で、

（でたーっ）

と思う。そんなとき私の顔はへらへらしているらしい。そしてそれを見た姑に、

「何がおかしいのよ」

と怒鳴られるはめになるのだった。

「あなたのことは好きだけど、あなたのお義母さんとこれからずっとつきあうのかと思うと、うんざりするの。結婚してると嫌でも親とかかわらなくちゃならないし。あなただって、もし私の父親から、ああだこうだと口をはさまれたら、嫌でしょ」

私が説明すると、夫は、

「うーん」

とうなった。

「せっかく結婚したのに……」

そういって彼はうつむいた。それを見ると心が痛んだ。結婚したというよりも、彼が私と結婚してくれたといったほうがいいかもしれない。そんな彼を苦しめるようなことをいうのは、こちらも心が痛んだが、姑は別だ。あの人には絶対に負けたくないし、いうことも聞きたくない。どうしてあんな底意地の悪い親から、こんな気持ちの優しい人が生まれたのか、不思議でならなかった。

私と姑がうまくいっていないのを何とか修復しようとした彼は、勝手に家族の食事会を

企画し、店に予約をしてしまった。私はちょっと怒った。

「食事に行くのなら、あなたと二人で行きたいわ。どうしてあんな人たちと一緒に食べなきゃいけないの」

「まあ、いいじゃないか。結婚してからみんなでゆっくり食事をする機会もなかったし」

私はしぶしぶ承知した。彼が両親に電話をすると、大喜びをしていたらしい。

「お前が来るから嫌だなんて、おふくろはいわなかったぞ。もしかしてこれまでのことも、お前が考えすぎていたんじゃないのか」

夫の言葉に私は、

「甘いわね」

といい放った。

「あなたも一緒にその場にいればわかるわよ」

そういうと夫はおびえた目をして、視線をテレビのサッカー中継に移した。

夫が予約したのは、都心の有名な中華料理店であった。店で待っていると、両親と妹が連れだってやってきた。

「どうも」

私の顔を見て姑《しゅうとめ》はにやっと笑った。舅《しゅうと》はそっぽを向いている。私はこの人も何を考えているかわからず、苦手なタイプなのだ。妹は妹で、

「やだー、カオルさん、お洒落《しゃれ》してる」

といいながら、私が着ているスーツをぎゅっと握って、ぐいぐい引っ張った。

（しっしっ、その手をお放し！）

といいたかったが、

「ほほほほ」

と笑いながら、彼女の手を引き剝《は》がした。照れたような顔でにやっと笑っていたが、その目は姑の目つきとそっくりだった。

席に着くと、舅が大声で、

「ねえちゃん、ビール」

と叫んだ。周囲の客がいっせいにこちらを見た。あわててウェイターがすっとんできて、丁寧に小声で、

「ビールでございますね」

と確認をする。暗に声がでかいといわれているのがわからない鈍感な舅は、

「えーとな、それと、あー、紹興酒。ま、とりあえず、それだけだ！」

といい放った。

「料理はコースで頼んでいるから」

夫がそういうと、舅はわかっているのかいないのか、

「ふむ」

といいながら、おしぼりで顔を拭《ふ》いていた。そのあと首はもちろん、歯まで拭いたのを

見て、私は卒倒しそうになった。

　前菜が運ばれてくると、舅はまた大声で、

「おおっ、こりゃなんだ」

　と叫んだ。ウエイターが丁寧に説明してくれたのにもかかわらず、

「ふん、まあ、よくわからねえや」

　といって、むさぼり食っていた。姑、舅、妹とも、食事のマナーがひどく悪く、食べ物を食い散らかし、食べるときも音をたてる。会話はない。本当にこの人たちと夫は、血がつながっているのかしらと思うばかりだ。

「うーん、食った、食った」

　料理をたいらげ、舅はそういうと、げぷっと大きなげっぷをし、ズボンのベルトをゆるめた。そしてデザートに運ばれてきた、ゴマ団子を見て、

「何だ、まだまんじゅうが出るのか」

　と大声を出し、人々の失笑をかっていた。

「お兄ちゃん、会社はどうなの」

　聞いたことがない優しい声で、姑が夫に話しかけた。

「うん、まあまあだよ」

「ボーナスはどう」

「こういうときだから、あまりよくないけど、それでも出ることは出るよ」

「そう。ちゃんと貯金しなくちゃいけませんよ。あなたがしっかり財布を握らないとだめよ」

姑は意味ありげに私のほうをちらりと見た。もちろん無視してやった。

それから姑は、カーテンの色をはじめ、私たちの室内のもろもろのことに関して、

「あれはやめたほうがいいわ。あそこは使いにくい」

と夫に話し始めた。その間、舅は楊枝《ようじ》で歯をせせりながらげっぷを繰り返し、妹は隣の席のハンサムな男性に目を奪われているようだった。

「そういうことは全部、自分たちで決めているから、放っておいてよ。僕たち、小学生じゃないんだからさ」

夫は笑いながらやんわりといった。なるべく母親を傷つけまいとする、彼の優しさである。それを聞いた姑は、

「まあ」

といって背筋を伸ばした。

「お兄ちゃんはいつも私のいうことをおとなしく聞いていたのに。そういえば、最初に私に口答えしたのは、この人と結婚したいっていったときだったわね。あのときからお兄ちゃんは変わったわ。そうそう、そうだった」

ほーらきたと思った。気にくわないことはみーんな私のせいなのだ。

「そんなことはないよ」

「いや、そうよ。悪い人につかまっちゃったわねえ。お医者さんの娘さんっていうから、もうちょっとちゃんとしつけられた人かと思ったのに」

姑は膝《ひざ》の上のナプキンをまさぐっている。

「それは失礼じゃないか」

夫が真顔でいった。

「そんなことをいわれて、カオルがどんな気がすると思っているんだ」

しかし姑はひるまない。

「あーら、この人はそんな繊細な人じゃないわよ。私が一言いうと、その十倍くらい口答えするんだから」

私はにやっと笑ったまま、無視するだけである。舅と妹はそっぽを向いている。

「とにかく、僕たちのことに口を挟むのはやめてくれないか。そのあげくにカオルがそんなことをいわれるのは、僕は許せない」

姑はとても悔しそうな顔をした。かわいいお兄ちゃんは、いつでも何があっても、自分の味方をしてくれると思っていたのに、気にくわない嫁の肩を持っている。

(ほら、ごらんなさい。あんたのいっていることは、やっぱり変なのよ)

私は目をつりあげている姑を、笑いながら見下してやった。

「ふんっ」

姑は不愉快そうに席を立ち、

「さ、お父さん。ほら、あんたも帰るわよ」

と座っている舅と妹をせかせて、店を出ていってしまった。しかし食べ残したゴマ団子をわしづかみにしてバッグにつっこむのは忘れていなかった。私と夫はしばらく席に座っていた。せっかく彼が気を遣ってくれたのに、食事会は何の役にも立たなかった。

(だから二人で食事に行けばよかったんだ)

私たちはとぼとぼと家に帰った。

翌日、夫が出かけるとすぐ、姑が大きなバッグを持ってやってきた。ゆっくりコーヒーを飲もうとしていた矢先であった。

「早いんですね」

「あーら、早くてご迷惑さま」

姑はべったりと床に座った。

「お茶は結構よ。あなたのいれるお茶って何だか渋すぎて、あとで胃が痛くなるのよ。だからいらないわ」

「ああ、そうですか」

私は姑を無視して、コーヒーを飲んでいた。

「自分だけコーヒーなんか飲んじゃって」

「いらないって、いったじゃないですか」

「日本茶はいらないっていったの。でもいいわ。飲みたかったら自分でいれるから」

とっとと帰ればいいのにとにらんでいると、姑はバッグを開け、中からいろいろな物を取り出して並べたりして、妙な行動をとっている。それらを抱えて、洗面所に行ったり、風呂《ふろ》場に行ったり、カーテンの色が悪いと難癖をつけた部屋に行ったりしている。私はトイレに行くふりをして、洗面所をチェックした。するとそこには、姑の洗面道具がちゃっかり置いてあった。風呂場をのぞくと、使い込んで色が濁ったピンク色のナイロンタオルが、ボディスポンジの上に置いてある。

(何なの、これ)

びっくりして姑がいる部屋をのぞくと、勝手にタンスの引き出しから、夫のシャツや下着を取り出して、持ってきた物を引き出しの中に入れていた。

「何やってるんですか」

姑は知らんぷりだ。

「何やってるんですかあっ」

大声でいうと彼女は、

「うるさいわね」

と顔をしかめ、そして、

「しばらくここに泊まりますから」

というではないか。

(げえええ)

「ちょっとお父さんと喧嘩《けんか》しちゃってね」

姑は満足そうに引き出しをしめた。

「大丈夫、あなたの物には一切、手をつけてないから。そんなことをしたら、何をいわれるか、わからないか、ら、ね」

私の目をじっと見ながらいった。

「困ります。だいたい、泊まる場所だってないし」

「ああ、いいのいいの。台所の床にでも寝るから」

その通りにしたら、どんなことになるか、よーくわかっている。私は腹の底から怒りが沸き上がってきて、夫が会社に着く時間を見計らって、電話をかけた。

「はい」

彼が出たとたんに、

「ちょっと、大変なことになったわよ」

と怒鳴った。

「えっ、えっ、どうしたの」

うろたえている彼に、あったことをまくしたてた。

「まいったなあ……」

「いったいどうするの。とにかくあなたから帰るように言って」

そういうと、これから約束があるので、そんな時間はないのだという。

「あっそ。わかった」

私は電話を切った。

それから私たちは、無言でお互いにそっぽを向いていた。いたずらに時間は過ぎていく。

昼になると姑は、

「あっ、みのもんた、みのもんた」

といいながら、テレビの前に陣取った。そしてバッグの中からカップラーメンを取り出し、

「お湯、いただきます」

とばかていねいに断り、ずるずると食べはじめた。

「本当に困るので、帰ってください」

私は低い声でいった。返事はない。

「困るんです」

姑はラーメンを口からだらりと垂らしたまま、

「帰りまふぇんよ」

という。

「お父さんに思い知らせてやらなきゃ」

いつもよりも早く帰ってきた彼は、必死に帰るように説得したが、姑は聞く耳をもたなかった。舅に電話をしても、帰ってくるなというばかりで、揉《も》めているうちにどんどん夜

はふけていった。

「あーあ、もう眠くなっちゃった」

姑は大あくびをした。そういってもうちには来客用の布団はない。

「それだったら、みんなで一緒に寝ればいいじゃないの。あたしは平気よ」

そういって姑は、いそいそと寝間着に着替え、私たちが普段寝ているセミダブルベッドに横になった。

「どうするのよっ」

小声で夫をなじると、彼は、

「今日だけ、今日だけ我慢してくれよ」

とすがって涙目になった。

部屋に入ると、ベッドのど真ん中で姑は口を開け、すでに大いびきをかいて寝ていた。夫と私は姑をはさんで、無言で横たわった。どうしてこんな人と、セミダブルベッドで川の字になって寝なければならないのだ。耳の穴にティッシュペーパーを詰めても、姑のいびきは耳の穴を直撃してくる。おばさんの体臭も漂ってくる。右手に姑の左手が触れた。

(何よ)

姑の手をちょっとつねった。反応はない。

(何よ、何よ、何よ)

皮膚をつまんだ指先に、だんだん力をこめていった。普通なら痛いはずなのに、姑は気持ちよさそうに寝ている。

　私は悔しくなって、ぎりぎりと皮膚をねじり上げた。

「んががががが」

姑は喉《のど》の奥からすさまじい音をだし、夫のほうへ寝返った。それでも目は覚まさない。何というしぶとさだ。

　明日も姑に居座られるようなことがあったら、絶対に離婚してやると、私は固く心に決めた。

負けない私

トメノは八十歳。娘一家と同居している。娘のアサは五十歳、そのつれあいは五十三歳、二十五歳のルミという娘がいる。三世代同居である。といってもテレビのコマーシャルに出てくるような、豪勢な三階建てなどではなく、古い木造二階建てなので、なんだかごちゃごちゃしているのである。

もともとここは、トメノと亡くなったつれあいのタクゾウが、一生懸命働いて手にいれた土地だった。結婚したのは早かったが、なかなか子供に恵まれず、トメノは三十歳のときに一人娘のアサを出産した。アサが高校を卒業し、就職した先で、結婚相手をみつけてきた。トメノもタクゾウも、その男が気に入らなかった。どことなくだらしなくて、責任感がないようにみえる。そのくせ特に女に甘えるのは上手で、男よりも女に助けられて生きていくタイプであった。しかしアサがどうしても結婚したいと泣いたので、一人娘の涙に負けて、結婚を許したのだった。

アサのつれあいのサブロウは、

「結婚したら、お義父《とう》さんたちと一緒に住むから」

と率先して同居を求めてきた。

「ふがいない奴《やつ》だ。自分で家の一軒も建てようという気概はないのか」

タクゾウはサブロウの言葉に顔をしかめていたが、同居をして三日目、ぽっくりと亡くなってしまった。六十歳にもなっていなかった。トメノはそれ以来、サブロウの目つきが、前にもまして冷たくなったような気がしている。妻の親を大切にするというのではなく、すきがあったら、もらえる物はみんなもらおうと思っているようであった。

(ふん、そうはいくか)

婚約のときに、養子になってもよいといったサブロウの言葉を断って本当によかったと思った。彼は名前の通り、男兄弟五人の三番目である。どんなにがんばったって、親が持っている土地家屋は長男夫婦のところに持っていかれてしまう。となったら、妻の親をあてにする。それをトメノ夫婦は最初から見抜いていたのであった。

いちおう会社には勤めているものの、勤務態度がよくないらしく、給料もボーナスもよくないとアサはいつも嘆いていた。とにかく遅刻が多く、アサのところに上司から、

「ちゃんと定時に出勤するように」

と電話がかかってきたという。もちろんトメノは、

「小学生じゃあるまいし」

と怒った。しかし当のサブロウは、頭をかきながら、のらりくらりとしている。夫婦のことには口を出すまいと思っているトメノも、そんな婿の姿をみると、

「かーっ」

といいながら、頭をかきむしってやりたくなるのだ。住む家はあるのだから、とっとと

別れればいいのにと思っているのに、アサは別れようとはしない。ぶつぶつ文句をいいながらも、夫の面倒をみてやっているのだ。そんな姿を見るたびに、トメノは自室の仏壇に向かって、

「お父さん、一生直りそうにありませんよ」

と嘆いたのだった。

そんな婿に自分の弱みは握られたくないので、トメノはずっと自分の分の食費は自分の貯金や年金から出していた。三万円を渡していたら、婿は、

「お義母《かあ》さんはお金を持っているんだから、もうちょっと出して」

といった。頭に来たトメノは、

「そんなことをいうのなら、月に三万円分しか食べない！」

と宣言した。娘の作る料理を見ていると、とてもひと月、一人三万円分の食費がかかっているとは思えない。だから腹いっぱい食ってやるのである。

「婆さんのくせによく食うなあ」

とサブロウに嫌味《いやみ》をいわれても、聞こえないふりをする。

「年寄りがたくさん物を食うようになるのは、ぼけのはじまりだと聞いたことがあるぞ」

などともいう。

「あら、そうなの」

アサは心配そうにトメノのほうを見る。それでもトメノは知らんぷりをして、御飯を食

べ続けた。その後、意地を張って食べ過ぎ、胃薬をしこたま飲むはめになった。こういう意地こきもほどほどにしなければ、身がもたなくなるので、最近は自粛しているのである。

孫が生まれるとなったとき、トメノはそれなりにうきうきした。孫はどんなにかわいいのだろうかと、期待した。たしかに最初はうれしかったが、顔だちがサブロウそっくりになっていくのを見て、心底がっかりした。

「うちの家系は鼻筋がすっと通っているのよ。それなのにルミをごらん。お父さんそっくりなあぐらをかいた鼻になっちゃって。かわいそうにねえ」

アサにそういうと、

「まだ子供だからよ。大人になったら顔だって変わるんだから」

と反論した。しかし性格もサブロウをそっくりそのまま引き継ぎ、根性の悪い娘になった。親が甘やかし放題甘やかすものだから、小学校のころから女王様気質が抜けず、すぐ手下を作っていばりたがった。人に対して思いやるよりも、自分が人にしてもらうことを望むのだ。これではいけないと、高学年のとき、トメノがきつく叱《しか》ったことがある。すると、

「ばあちゃんはうるさい。引っ込んでて！」

とものすごい目つきでにらまれた。トメノがあきれていると、

「よその家のおばあさんは、孫にお小遣いをくれるものなんだよ。なにさ、ばあちゃんなんか、何もくれないじゃないさ」

と吐き捨てるようにいい放った。そのころ、トメノは気に入っていた二階の自室を、ルミが大きくなったからという理由で、無理矢理に追い出された。トメノにあてがわれたのは、広くはなったものの、一階の便所の横の北向きの部屋だった。

「婿たちは私を早く殺そうとしている」

トメノは思った。孫をかわいがる気にもならない。人としていけないこと、恥ずかしいことは、きちんと教えなくてはならない。しかしルミは素直に聞く耳など持っていなかった。

「いい子にはお小遣いをあげるけど、あんたみたいな悪い子にはやらないよ」

そういうと、ルミはちっと舌打ちをして、遊びに行った。あれから十五年たっても、ルミの態度は全然変わらないのだ。

だいたいルミは小さいころから、トメノのために、何かしてくれたことなど一度もない。思いやりなどこれっぽちもない娘なのだ。わがままをいったら、親がちゃんと叱ればいいのに、親も親で、

「しょうがないわねえ」

と結局はルミのいいなりである。またこのルミが、あれを買ってくれ、これを買ってくれと、物を買ってもらうことばかり考えている。

朝食の最中にも、

「ねえ、お母さん、コート買ってよ」

とねだる。アサが、

「おととし買ったばかりじゃないの」

と漬け物をかじりながらいうと、

「やだ、デザインが古いんだもん。あんなの着てる子なんていないよ」

と口をとがらせる。

「まだ着られるんでしょ」

アサがそんな態度だとわかると、今度は、

「ねえ、お父さあん、買ってぇ」

と甘えた声を出して、サブロウにしなだれかかる。

(見苦しい。きっとどこぞの若い男にも、あんなことをしているのだろう)

腹のなかでそう思いながら、トメノは卵焼きを食べていた。

「そんなに欲しいんだったら、おばあちゃんに頼みな」

サブロウはちらりとトメノのほうを見て、にやっと笑った。

(ふん、よけいなことをいいおって)

トメノは知らんぷりをして、黙々と御飯を食べていた。

「おばあちゃん、お願い!」

ルミは箸《はし》を持ったまま拝んだ。トメノは聞こえないふりをして、知らんぷりを決め込んだ。

「耳が遠くなったのかしら」

ルミがそういうと、サブロウは、

「違うよ。しらばっくれているだけだ。本当にこういうのは得意なんだからな」

と、またにやにやした。

「おばあちゃん、聞こえてるんでしょっ。ねっ、コートを買うお金っ、ちょうだい」

トメノは、つかりすぎてすっぱくなった白菜漬けを、もそもそと噛《か》みちぎりながら、いったいこの娘をどうしてくれようかと考えていた。アサは当惑した顔はしているものの、じっと双方の様子をうかがっているという感じである。サブロウとルミは早く金を出せといわんばかりだ。そんなみんなの態度を見ていると、トメノは意地でも、

「金なんか出すもんか」

と思うのである。

トメノがいつまでも黙っているので、ルミはぼそぼそと、自分の孫が流行ではない服を着て、みんなに笑われているなんて、かわいそうだと思わないかとか、友だちと集まるところに一人だけかっこ悪い服を着ていくなんて耐えられないと、訴えはじめた。

「気にしすぎよ」

アサはぼそっといった。

「気にしすぎじゃないもん。マユミちゃんだって、ユカちゃんだって、いつもかっこよくしてるんだから。三人並ぶと私だけ……、いつも変なんだから」

マユミちゃんとユカちゃんというのは、高校時代からの友だちで、トメノも会ったことがあった。類は友を呼ぶで、ちゃらちゃらした軽薄そうな娘たちであった。

（あの二人は、中身はあんたとそこそこだが、あんたよりずっと顔立ちがいいからな。そりゃあ、何を着たって着映えがするさ）

トメノは腹の中でそういいながら、茶碗《ちゃわん》に残った御飯にお茶をかけて、すすりこんだ。

「おばあちゃん、やだ」

ルミが大声を出した。

「は？」

「汚いなあ。ずるずると音なんかたてないでよ」

「お茶漬けだもの。音はするよ」

「もう、食欲がなくなっちゃう」

ルミは箸を放り投げた。アサとサブロウは無言だった。あれだけ食べて、よく食欲がなくなったなんていえるもんだと呆《あき》れながら、トメノは、

「よっこいしょ」

と席を立ち、北向きの自分の部屋に戻っていった。これから針仕事でもして、不愉快な気分を、まぎらわそうとしたのである。

突然、ふすまが開いた。ルミだった。

「おばあちゃん」

さっきとはうってかわって、猫撫《な》で声になっている。こうやってすり寄ってくるときは、必死で金をせびるときなのだ。厚化粧のうえに、茶色に染めた長い髪。紺色の爪《つめ》。太股《ふともも》もあらわにした透けたワンピース姿のルミを見ると、トメノは化け物が出たかと思う。こんな格好で会社に行っているなんて信じられないことだ。

「ばあちゃんには何をいっても無駄だよ。さっさと会社に行きなさい」

ルミはひるまず、ずかずかと部屋に入ってきて、トメノの肩をむんずとつかみ、

「ねえ、おばあちゃん、お小遣いちょうだーい」

と揉《も》み続けた。マッサージをしてもらっているというよりも、骨を砕かれているといった感じである。

「いたたたた」

トメノはルミの肩揉み攻撃から逃げようと身をよじった。体がきしきしと音をたてている。

「ねー、お小遣い」

「何をいってんだろうね、この子は。だめっていったでしょ。そんなことをして、あたしを殺す気か」

トメノはそばにあった鯨尺《くじらじゃく》を手にして、ルミのむきだしになった脚をひっぱたいた。女学校の裁縫の時間に、先生から裁縫の道具は命よりも大切だと厳しくいわれたが、そんなことはいってていられなかった。

「いたっ！　何すんのよ！」

「こっちがいいたいよ。もういいから、会社にお行き」

「ふん、けち。くそばばあ」

「くそばばあで結構」

ルミは足音をたてて部屋を出ていった。

「親も親なら子も子だよ」

トメノは右手を左肩に置き、自分で揉みほぐそうとしたが、肩から背中にかけて、ぱんぱんに張っていた。

「本当にどんな躾《しつけ》をしているのやら」

トメノは首と両腕をぐるぐる回しながら、深いため息をついた。

トメノはルミのしつこい「お小遣いちょうだい攻撃」にも負けず、絶対に財布の口を開けなかった。

「ばあちゃん、けちだなあ」

騒動から二日ほどたった夜、サブロウは夕食を食べながら、にやにやしていった。

「ケチくさいことをしていると、嫌われるよ。一人しかいない孫なんだからさ、もうちょっとかわいがってやってよ」

サブロウは上目づかいになった。トメノは彼のこういう顔が大嫌いだった。

「そんなにいうんだったら、あんたがしてやればいいでしょう。あんたにとってもかわいい一人娘だろうが」

　サブロウは「ちっ」と舌打ちをした。そのあと横を向いて、

「口の減らないばばあだなあ」

　といったのも、しっかりトメノには聞こえていた。

　彼は立て膝《ひざ》をして、楊枝《ようじ》で歯の間をせせりながら、そっぽを向いている。

「どこのばあさんだってね、孫をかわいがって小遣いぐらいやってるよ」

「どうせ私が死んだら、この家も土地もあんたたちのもんだ。それで十分でしょう。私の持っている金は、おじいさんと私が一生懸命働いて、手にしたものだ。だから一生懸命やっていない人間にはやらない」

　そうきっぱりといって、トメノは部屋に引っ込んだ。背後から、

「ばばあ、何、考えてんだよ」

　と小さな声が聞こえた。

「もう、やめてよ」

　というアサの当惑しきった声もした。

　いいたいことをいったトメノは、気分がちょっとすっきりした。そしてテレビをつけ、お気に入りの時代劇にチャンネルを合わせた。しかし最初のコマーシャルが始まったとき、

「もしかしたら、サブロウが私のことを襲いにくるかもしれない」

　と不安になり、襖《ふすま》を開けて様子を窺《うかが》った。彼は楊枝を口にくわえたまま、座卓の前にあ

おむけに寝ころんでいた。

「見苦しい。おじいさんは亡くなるまで、あんな格好を見せたことなんかなかったけどねえ」

つくづくアサの男を見る目のなさにがっくりしてきた。そして永年使っている、トメノの最終兵器である鯨尺を傍らに置き、また時代劇に見入ったのである。

ルミはこの間のことがあってから、

「おはよう」

とトメノが声をかけても、そっぽを向いて口をきこうともしない。ばあさんのことは完全に無視である。根性が悪いことは百も承知だったが、こんなにひどいとはさすがのトメノも想像していなかった。

「あんな性格じゃ、相手にしてくれる男もいないだろう」

まあこれで私のところには、しばらくすり寄ってくるまいと、ちょっとほっとしたのも事実であった。

それから一週間ほどたった夜、夕食が済んでトメノが部屋に引き上げようとすると、アサが追いかけて、声をかけてきた。前からそうだったが、このごろは特に夕食のときも会話がない。サブロウはトメノのほうを見ようともしない。もちろんルミは夕食の時間に帰ってきているわけもなく、遊びほうけているようだった。とにかく食事が終わったら、家族団らんなどなく、トメノはそそくさと自室に戻ることにしていた。

「あのう、明日から三泊四日で、旅行に行くことになったの」

アサは遠慮がちにうつむいた。

「へえ、どこへ」

「熱海《あたみ》」

「ふーん、誰と」

「夫婦でです」

たしかアサとサブロウの新婚旅行は熱海だった。

「そりゃ、結構だね。行っておいで」

アサは台所に立って洗い物をはじめた。するとサブロウの、

「何だ、娘夫婦が旅行に行くっていってるのに、それでも小遣いをくれないのか」

という声がした。

「このばあさんを旅行に連れて行ってくれたこともないくせに。まだそんなことをいってる。ひとことくらい、『おばあちゃんも一緒に行きませんか』くらいのことをいってみろ」

誘われても一緒には行くつもりはないが、誘ってもらえないと腹が立つ。

「みんな好き勝手に、どこにでも遊びに行けばいいいさ」

トメノは半分やけっぱちになっていた。

出がけにサブロウは、くどくどと火の始末、戸締まりについて何度も念を押した。

「わかってるよ。この家は私がずっと暮らしてきた家だ。戸締まりだってあんたよりもず

っとわかってる」

サブロウは呆《あき》れ顔で、ボストンバッグを手に出ていった。

「では、よろしくお願いします」

アサもあわてて後を追った。

「はい、いってらっしゃい」

トメノは前の道路に出て二人の姿を見送った。ひょこひょこと落ち着かない様子で前を歩いていくサブロウのあとを、アサが小走りについていく。

「あーあ、結婚したいっていったときに、もっと反対すればよかった」

彼女はそうつぶやいて、家の中に入った。

今日から家の中ではルミと二人きりだ。といっても彼女は会社が終わってから遊び放題に遊んでいるので、ほとんど一人暮らしのようなものである。家で食事をするというのなら、ルミの分も作っておくが、きっと自分が作るような料理は、ルミの口には合わないだろうとトメノは思った。

会社が終わる時間になっても、もちろんルミからは何の連絡もない。待っているのもばかばかしいので、トメノは家にあった野菜や乾物で作った煮物と味噌《みそ》汁で簡単に食事を済ませ、その夜は食卓の前にあるテレビを見た。見終わって風呂《ふろ》に入るともうまぶたが重くなる。トメノは戸締まりを確認し、ルミのためにドアチェーンだけははずしておいた。

深夜、物音で目が醒《さ》めた。トメノは外からの明かりをたよりに、鯨尺を手にして、そーっと襖を開いて玄関の様子をうかがった。男女の声が聞こえてくる。

「早く、早く」

いっているのはルミである。

「大丈夫かよ」

男がいった。

「平気、平気、ばあちゃんはもう寝てるし、耳も遠いから。ほら、上がって、上がって」

人の足音が階段を上がり、二階に消えた。トメノはそーっと襖を閉めて、布団の上に座り込んだ。

「親がいない隙《すき》に男を連れ込むなんて、何という娘だ」

いっぺんに目が醒めてしまったトメノは、身繕《みづくろ》いを整えて台所にむかった。そして二個のカップを用意し、いつ買ったのかわからない、インスタントコーヒーを電気ポットの湯でとかし、お盆の上にのせた。角砂糖とミルクも忘れないように添え、こぼさないように気をつけながら、二階に上がっていった。そしてもとは自分の部屋、今はルミに横取りされた部屋の襖の前で、お盆を膝に正座をした。深呼吸をして一気に襖を開けた。

そこには下着姿の男女がいた。ストーブの前で缶コーヒーを飲みながら、男がルミの肩に手をまわしている。二人は目と口を大きく開けて、あっけにとられていた。男は無精ひげを伸ばして遊び人風だ。トメノはお盆を室内に置くと、

「いらっしゃいませ。ルミの祖母でございます。いつもお世話様になっております」

と三つ指をついて深々と頭を下げ、顔を上げてにっこりと二人に微笑《ほほえ》みかけた。

「ひえっ」

ルミはそばに転がっていたジャケットをあわてて胸に当て、後ろをむいてはおりなおした。

「こんなものしかございませんが、どうぞお召し上がり下さいませ」

トランクス一枚の若い男は、

「ああ、ああ、あれ、ああ」

とわけのわからないことを口走りながら、トメノの前に正座をし、ぽりぽりと頭を掻《か》いた。

「ささっ、どうぞ、冷めないうちに」

「はあ、あ、じゃあ、いただきます」

彼は上半身が裸のままで、ぺこぺこと頭を下げながら、コーヒーを飲んだ。

「お味はいかがですか？」

彼のおいしいですという声の上に、

「ばあちゃん、何やってんのよ！　さっさと出てってよ！」

というルミの怒鳴り声がかぶさった。

「それではお寒くありませんか。どうぞ、おはおりになって」

トメノはベッドの上に放り投げられていた、彼のダウンジャケットを肩にかけてやった。

「ばあちゃん、やめてってば。出てってよ」

ルミは脚をばたばたさせて、ヒステリックに怒鳴った。

「そんなことをいったって、こんな夜更けにわざわざきて下さったのだから」

トメノの声にルミは、

「やだあ、やだあ」

といい続けた。その間中、彼はコーヒーを飲みながら、体をちぢこまらせていた。

「はい、わかりましたよ。それではどうぞ、ごゆっくり」

トメノは深々と頭を下げて襖《ふすま》を閉め、笑いをこらえながら階段を降りた。

布団の中にもぐりこんだトメノは、とても満足していた。

「ルミったら、あんなに大きな口を開けて」

驚いた二人の顔を思い出すたびに、笑いがこみあげてきた。そしてそんなことを思っているうちに、眠りについた。

翌朝、昨夜の残り物で御飯を食べ終わると、厚化粧のルミが姿を現した。

「おや、お友だちは？」

「あのあと、すぐ帰ったわよ」

いい終わるとルミは真顔になり、

「お願い、おばあちゃん、このことは黙ってて」

と両手で拝んだ。

「まだ仏様になってないよ」

「絶対にいわないで。ねえったら、ねえ」

ルミは必死に両手をこすり合わせる。

「えっ、何？　最近、ちょっと耳が遠くなって」

トメノは耳に手をやった。

「だからあ、お願い、いわないで。ばれたら、お小遣い、減らされちゃうもん。ねえ、何でもするから」

だいたい働いているのに小遣いをもらっているほうがおかしい。

「えっ、なあに？」

トメノは楽しんでいた。

「ああっ、もう、こんな時間」

ルミはテーブルの上にあったバナナをむいて、あわてて口につっこんだ。

「このことは、今日、帰ってからもう一度ゆっくり話そうね。ねっ、私、何でもするからね。お願い、おばあちゃん」

そういってあわただしくルミは台所を出ていった。

「何でもするって、いったい、どんなことをしてくれるんだろうねえ」

トメノは短いコートからにょっきりと出ている、ルミの生々しい脚を見ながら、彼女の弱点を握って喜びにほくそ笑んだ。

その日、ルミは珍しく早く帰ってきた。デパートの食料品売り場で買ってきたという、高級総菜がおみやげである。

「おばあちゃんと一緒に食べようと思って」

「まあ、そうなの、ありがと」

二人で仲よく晩御飯を食べた。食事が終わると、彼女は、

「お願い、あのこと、黙ってて」

と拝んだ。

「拝むのはやめなさいっていったでしょ」

トメノがいうと、ルミははっとして両手を下ろした。

「ねっ、何でもするから。いって」

トメノはしばらく首をかしげていたが、

「このごろ脚の具合が悪くてねえ」

といってみた。するとルミはつっつっと寄ってきて、

「このへん？」

といって膝《ひざ》を両手でさすった。

「いや、その下かなあ」

トメノは両足を揃《そろ》えて前に投げ出した。ルミはすねを一生懸命さすってくれる。

「肩も最近凝るんだよ」

そういうとルミは今度は肩を揉《も》んでくれた。前と違い、力まかせでなく、いい具合にやってくれている。

「ああ、極楽、極楽」

うとうとしてきた耳元に、

「おばあちゃん、約束よ、お願いよ」

というルミの声がした。その声を聞きながら、トメノは、

「うーん、どうしようかねえ」

と返事をし、気持ちよくぐーっと寝入りそうになっていた。

かわいい化け物

実家の母親から、チエミの妹、アサミが東京の学校に合格したので、同居させてほしいとの電話を受けたとき、チエミは思わず、

「ええっ、何なの、それ」

と叫んだ。

「だって……。家からは通えないっていうんだもの」

母親は声を落とした。

アサミは七歳下でわがままというか、がんこというか、自分でこうと決めたことは、誰が何といおうと押し通す性格である。通えないというのは口実だと、チエミはわかっていた。実家は東京の近県にある。たしかに通うのはちょっと大変だけど、通えないことはないという、微妙な距離ではあるのだが。妹は、

「通うとなったら、アルバイトで遅くなったときに、車で迎えに来てもらわなければならないし、長い通学の間に何があるかわからない。お姉ちゃんのアパートに一緒に住めば、お父さんもお母さんも安心でしょ。家賃だって食費だって一人暮らしの半分で済むと思うよ」

といったという。だいたい彼女は、

「勉強なんて嫌いだから、高校を卒業したら就職する」

と話していたのだ。

「お姉ちゃんはずっと学級委員で成績もよかったけど、あんたは勉強も好きじゃないんだから、そのほうがいい」

両親もそのつもりだった。ところがどういうわけか受験をするといいだし、地元の短大に合格し、遊び半分で受けた東京の短大にも合格してしまったのである。

「やっぱり、東京の学校のほうが、就職のときに都合がいいそうだねえ」

母親の言葉にもチエミは、

「今はどこの学校だって、就職するのは大変なの」

とつっけんどんにいってしまった。母親は黙っている。

「ここは二部屋あるけど、私の物でいっぱいで、あの子が住めるようなスペースなんて、ないのよ。無理よ、そんなの」

チエミは必死に抵抗した。この六畳が二部屋あるアパートにやっと引っ越せたのだ。上京して何年かは、八階にある単身者用の五畳くらいのワンルームに住んでいた。ケーブルテレビや衛星放送は見られるが、収納は皆無。そんなところに住んでみると、まるで檻《おり》の中にいるような気がして、せめてもう一部屋欲しいなと思っていたところ、築十二年の今のアパートをみつけたというわけである。

台所も四畳半あるので、ワンルームに比べると、二部屋増えた感じだ。だいたい前のマンションは、キッチンといったって、廊下の横に小さなシンクと一口の電磁調理器が置いてあるだけだった。しかしここでは食べるのと寝るのとがちゃんと分けられる。古いのは仕方がないが、一階だが日当たりもまあまあで、とても気にいっている。大家さんが隣家に住んでいるので、安心できる。何の問題もない。そこへ妹が乱入してくるというのであった。

「やだ。私はいやよ」

「だって一人暮らしをさせるとなると、お金もかかるでしょう。お姉ちゃんと一緒に住むとなったら、家賃の半分は負担するし。あなただって助かるんじゃないの」

母親は説得の方向に持っていった。今度はチエミが黙る番だ。これは取引である。妹の同居を我慢するか、経済的な余裕よりも一人暮らしを優先するか。

「一日、考えさせて」

その言葉に、母親は、

「どうして考える必要がある」

とちょっと怒った。

「生まれて十一年間、一緒に住んでいた妹と、どうして一緒に住めないの？」

母親の理論はめちゃくちゃだった。子供のころから何年たったと思っているのだろうか。

とにかくチエミは即答を避け、

「明日、電話する」

といって電話を切った。

正直な気持ちとしては、自分の生活を乱されたくない。しかし両親の負担を考えると、我を通すのも大人げないかなとチエミは考えた。そして通勤電車の中でも会社でも、あれこれ考えあぐねた結果、アサミの同居を承諾したのだった。

連絡をすると母親は、

「ああそう、よかったわ」

と声をはずませていた。父親まで出てきて、

「悪いなあ」

という。何だか鬱陶《うっとう》しくて、ほとんど実家に帰らないチエミでも、両親がはずんだ声を出すと、どことなくうれしかった。

「何とかなるだろう」

それからチエミは、二部屋のうちの日当たりの悪いほうの部屋にあった家具や衣類を、もうひとつの部屋に運び込んだ。がらんとした部屋は思いのほか広くて、ちょっともったいなくなったが、仕方がない。住むのが妹とはいえ、汚いままで住まわせるわけにはいかないので、念入りに掃除をし、上京する日が決まると大家さんに、

「妹が同居をしますから」

と挨拶《あいさつ》をしておいた。両親と同年輩の大家さん夫婦は、

「ああ、それはいいわねえ」

と喜んでくれた。

そんななか、アサミはやってきた。両親から山のような土産物を持たされて、すでにふくれっ面になっていた。

「いらないっていうのにさ、『あれも持っていけ、これも持っていけ』っていってさあ、嫌になっちゃう。最初はよかったんだけど、だんだん重くなってきちゃって。ほら、腕がしびれてるんだからあ」

妹は荷物を放り投げた。

「わかった、わかった」

チエミは荷物の半分を持って歩き出した。上野駅からJRと私鉄を乗り継ぎ、アパートに着いた。

アサミはアパートを見て、

「えー、こんなにボロだったっけ」

と大声を出した。

「こらっ、声が大きいわよ。大家さんが隣に住んでるんだから」

とたしなめると、舌をぺろっと出して首をすくめた。

「前にも来たことがあったじゃない」

「あったけどさあ。もうちょっとましだと思ってた。なんだあ、そうかあ」

ひどくがっかりしている妹を前に、チエミは何となく嫌な予感がしてきた。

「どんなマンションだと思ってたのよ」

　チエミはそういいながら、部屋に入っていった。

「マンションとは思ってないけどさあ。でも、こんなにボロだったっけ」

　アサミは今度は小声でいった。

「ボロ、ボロっていわないでよ。あんたが来たのは、四、五年前でしょ。そのときから比べれば、古くなってるわよ。嫌ならいつでも出ていっていいのよ」

「えーっ、そんなこといわなくたっていいじゃない」

　アサミはおとなしくなった。部屋を見ても黙っている。

「机や本棚がいるんでしょ」

「お金はもらってきた」

「駅前に学生さんがたくさん買いに来てる、安い家具屋さんがあるわよ。そこでものぞいてみたら」

　チエミが気をつかってやってるのに、どうもアサミの反応は鈍い。

「ボロで気に入らないかもしれないけど、ここがあんたの部屋なんだからね。好きなようにしなさい」

　そういってチエミは、紅茶をいれ、ケーキを出した。それをキッチンの小さなテーブルで食べながら、アサミは深いため息をついた。

「何よ」

「別に」

「気に入らないのはわかるけど、そういう態度はないでしょ」

「だって」

「だってって？」

「この部屋、何を買っても似合わないじゃない」

「あら、そんなことないわよ」

チエミは本棚から雑誌のインテリア特集の号を取り出し、古い日本間に住んでいる美大生たちの部屋の写真を見せ、

「ほら、みんなかっこよく住んでるじゃないの。この男の子なんか、部屋は四畳半だって」

彼らは自分たちのセンスで、古くて狭い部屋でも楽しそうに住んでいるように見えた。

「こんなんじゃないもん、私の趣味」

アサミは雑誌を放り投げた。

「じゃあ、どういうのが好みなの？」

チエミが聞くと、アサミはうっとりとして、

「パリのアパルトマンみたいな部屋」

という。

（何がパリのアパルトマンだ。それなら私のアパートになんか来るな）

チエミは口には出さなかったが、あきれかえった。

アサミは買っておいたケーキを、

「これ、おいしいね」

といいながら、ほおばっている。

「駅前の店で買ったのよ。おいしいでしょ」

チエミはこの近所にもこういう店があるのだということを教えたかった。ぱくぱくと二個のケーキを食べたあと、チエミが手をつけていない、チョコレートケーキにじーっと目をそそいでいる。

「食べる？」

チエミが聞くと、アサミは大きくうなずいて、結局、ケーキを三個、食べてしまった。甘い物を食べて落ち着いたのか、アサミは自分の部屋の中央に立ち、ぐるりと見渡した。

「布団は客布団を干しておいたから、それを使えばいいね」

背後からチエミが声をかけると、

「ああ、私が昔、寝たやつ」

とあっさりといわれてしまった。誰が泊まりに来てもいいように、湿気をよばないようにと、こまめに干していたことなど、アサミは知るよしもなかった。

晩御飯は近所で食べることにして、二人はアサミの家具を買いに出かけた。手頃な値段の家具が、山のように積んである。

「こんなのでいいわよ。どうせずっと住むわけじゃないんだから」

チエミの声にも答えず、アサミは家具を物色している。

(本当にこの子は、突然、自分の世界に入っちゃうんだから)

アサミのあとについて歩いていると、

「すみませーん」

と大声を出した。

「はあい」

いつも店の前を掃除しているおばさんが、口をもぐもぐさせながら出てきた。

「この本棚と、押入れハンガーと、収納ケースと、このテーブルも」

アサミはてきぱきと指を差し、おばさんは、

「はいはい、これと、これと……」

といいながら、売約済みの赤札を貼《は》っていった。アサミは姉であるチエミの意見など聞こうともせず、手にしている茶封筒の中をのぞきこんで満足そうに笑っている。

「どうしたの」

「お母さんからお金をもらったの。家具を買うために。十万円」

「じゃあ、ずいぶん残ったじゃないの」

「そう、多めにふんだくっといたから」

アサミはおばさんに代金を渡し、配達してもらう日を告げていた。

「アパートの家賃っていくらだっけ」

　店を出てアサミは聞いた。

「八万円」

「じゃあ、仕送りの中から四万円渡せばいいわけだね」

「だめだめ、食費ももらわないと」

「食費？　そんなに自炊なんかするの？　お姉ちゃんだってそんな暇はないでしょ」

「週に三回は作るわよ」

「へえ、まめというか、暇なんだね。それじゃあ、彼氏もいないんだ。そうだよね、そうじゃなければ、私が一緒に住むことに大反対するはずだもんね」

「何いってんの。彼氏がいなくたって、十分迷惑よ。一部屋あんたに取られちゃったんだもの。だいたい、あんたは地元の学校に行くはずだったでしょ。どうしてこっちに来たのよ」

「いいじゃないさ、来たって。お姉ちゃんだって同じことしてるじゃない」

　アサミは口をとがらせた。

「それはそうだけど」

「こういうチャンスじゃないと、親から離れられないし。あそこにいると煮詰まっちゃって。学生のときくらい、気分転換したいもん」

　そういいながらアサミはチエミの前をずんずんと歩いて行った。

前を歩いていたアサミは、突然、振り返って、

「お腹すいた」

とぶっきらぼうにいった。宣言するような口調だ。

「さっき、ケーキを三個も食べたばかりじゃないの」

チエミは目を丸くした。自分はたった一個のモンブランでさえお腹に残り、甘ったるいげっぷが出てきているからだ。

「すいたったら、すいたんだもん」

アサミは不機嫌になっていた。顔つきまで変わっている。

「今日は外で食べるつもりなのよ」

「何でもいい。とにかくお腹がすいたあ」

そういいながらアサミは、胃のあたりをさすっている。

チエミは駅の周辺の店を、思いだしながら歩いていた。

「焼き肉の店があったと思うんだけど……」

そうつぶやいたとたんに、

「あっ、焼き肉、それがいい。焼き肉食べよう、焼き肉」

アサミは目を輝かせて笑い、チエミに腕を組んできた。

「わあい、焼き肉、大好きなんだけど、お父さんも、お母さんも、もたれるから嫌だっていって、連れていってくれなかったの」

青果店の横の路地を入った奥に、焼肉店がある。入ったことがないので、味が心配だとチエミがいうと、

「いいよ、いいよ。腐ってなければ」

とアサミはいった。赤い半透明のドアを開けると、店の人がかたまって食事をしているところだった。

「すみません、あと十五分、待ってもらえますか」

店の奥さんが、すまなそうにいった。時計を見ると、五時ちょっとすぎだ。こんな時間に焼き肉を食べに来る客なんて、ほとんどいないだろう。

「じゃあ、五時半ごろに来ますから」

チエミはドアを閉めた。

「あーあ、お腹がすいたあ」

アサミはがっかりしている。

「三十分くらい、待てるでしょ」

「だってもう、ぺこぺこだよう」

「ケーキを三個も食べておいて」

「あれは別のところに入る物だもん。デザートとかケーキとか、あれは胃じゃなくて、お尻《しり》に入ると思うんだ」

チエミは妹の言葉を聞き流しながら、書店に入っていった。

「お茶しないの」

アサミは不満そうだ。

「だって、食事をする前よ」

「ここに二十分もいるの？　私、本を見てると頭が痛くなってきちゃうんだもの」

チエミは単行本のコーナーで暇をつぶし、アサミは奥歯の治療跡が見えるような大あくびをしながら、雑誌の立ち読みをしていた。服やバッグ、靴を見て、値段に目をやる。一冊の雑誌をざっと見ると、次の雑誌に手を出し、また立ち読みをする。その繰り返しだった。

時間をつぶした二人は、店に向かった。

「焼ーき肉、焼ーき肉」

店を出ると、アサミは踊りながら小声で歌い出した。

「やあねえ、もう」

チエミは他人のふりをして、道の端をこそこそと歩いた。

焼肉店の客は、自分たちだけだった。

「お待たせして、すみませんねえ」

店の奥さんが、おしぼりと紙エプロンと、メニューを持ってきた。チエミが奥さんとやりとりしている間、アサミの目はメニューに釘付《くぎづ》けになっている。

「好きな物を注文しなさい」

チエミがそういうと、アサミの目はますます輝いた。

チエミは妹が来た夜だし、好きな物をお腹いっぱい食べさせてやりたいと思っていた。少ししか食べない人よりも、おいしそうにぱくぱく食べる人のほうが好きだ。しかし、アサミの食欲を目の前にして、チエミはびっくり仰天した。たしかに好きな物を注文していいとはいったが、すべて頼むのは上ばかり。それもまあ、仕方がないだろう。問題は量である。

「上カルビ三人前、レバ刺し、ユッケ、はらみも全部三人前ね。サンチュと、あと御飯を大盛りで」

スタートがこれである。チエミは、

「量がわからないんだから、あとで追加すれば」

と小声でいったのにもかかわらず、笑いながら無視された。そしてチエミがトイレに立った隙《すき》に、ビールまで注文していた。

「保護者つきだからいいよね。えへへ」

チエミは飲めない。

「知らないよ、そんなことして」

手酌でビールを飲んだアサミは、

「うまいっ」

と叫んだ。

次々に肉が運ばれてきた。

「はい、じゃんじゃん、焼きましょうねえ」

アサミは待ってましたとばかりに、肉を網の上にのせた。

「うーん、うまい、うまい。お姉ちゃんも食べなよ」

チエミは箸《はし》を持ったまま、あっけにとられていた。肉はまるですべるようにアサミの口の中に吸い込まれていく。一枚、また一枚。あまりのスピードの速さであった。会社に体育会系出身の若い男性社員がいるが、まさに彼と食事をしているかのようだった。

「お姉ちゃん。もたもたしてると、お肉がなくなっちゃうよ」

アサミは飲み、しゃべりながら、平らげていく。チエミはその姿を見ているだけで、お腹がいっぱいになっていった。皿が九割がた片づいたところで、アサミは上カルビを二人前とスープを追加した。

「ふんふ、ふんふ、ふーん」

アサミは鼻歌まじりの上機嫌で、肉を焼いている。

「大丈夫なの。そんなに食べきれるの」

チエミは心配になった。

「平気だよ。あたし、地元のラーメン屋の女性の部の大食い記録を持ってるもん」

「えっ、あの駅前の」

「そう、餃子《ギョーザ》百個」

たしかふつうの餃子よりも、大ぶりだったはずだ。

「気合いをいれればさ、焼き肉だって、この倍はいけるよ」

アサミは追加の肉もおいしそうに、にこにこ笑いながら食べつくした。

結局、アサミはチエミの四倍は食べた。おまけにビールを一本飲んでいる。

「あー、食った、食った。幸せえ」

そういいながらアサミは、椅子《いす》の背にそっくり返り、胃をさすった。

怒濤《どとう》のような約二時間の食事は終わった。アサミは満足そうに、鼻歌まじりで歩いている。アサミの後ろをついて歩いていると、コンビニに入っていった。あわててチエミは後を追った。カゴを手にして、ぐるりと店内を見渡したあと、一直線にお菓子売り場に行き、ポテトチップス、クッキー、チョコレート、スナック菓子などを中に入れていった。店を出ると、

「これは夜食」

といいながらアサミは袋を持ち上げて笑った。チエミがそんなに食べたら体に悪いといっても、聞く耳を持たなかった。

あれだけ焼き肉を食べたというのに、アサミはテレビを見ながら、夜九時にポテトチップスを食べはじめた。それが終わるとチョコレート。買ってきた物を全部食べてしまうのかと心配になるくらいの勢いだった。チエミはこれはもう、放っておくしかないとあきらめた。そのうちお腹をこわして、わかるだろうと思っていたが、恐ろしいことに、アサミ

のお腹はこわれなかったのである。

　どちらかというと小食のチエミは、同居をしてから、一緒に御飯を食べていると、ペースを乱された。三倍の量を食べるアサミにつられて食べ過ぎてしまい、胃の調子がおかしくなった。一人暮らしが長かったので、いくら身内とはいえ、毎日、顔をつきあわせて食事をする感覚を忘れていた。アサミの食事は嵐《あらし》のようだった。とにかく勢いも量もすごい。目玉焼きだって、最低、卵が三個ないと気が済まない。

「そんな気持ちの悪い目玉焼きを作るのは嫌だ」

　とチエミが断ると、不満そうな顔をする。でも自分では決して作ろうとしないし、手伝おうともしないのである。

　アサミは口癖のように、

「お腹すいたあ」

　と連発した。奪い取られた部屋をのぞいてみると、屑籠《くずかご》にはスナック菓子の空き袋やファストフードの袋があふれかえっている。先日、買ったテーブルの上にもまんじゅうやケーキが置いてある。本を置くはずの本棚にも箱入りのお菓子が、ずらりと並んでいる。御飯もたっぷり食べて、間食のお菓子も山のように食べるのだった。

　チエミが帰ってくると、アサミは御飯は何だとうるさくつきまとい、作っている間も、まだかまだかと背後でせっつく。野菜炒《いた》めを山のように作っても、アサミは平らげてしまう。料理を作るほうからしたら、残されるよりはうれしいことなのかもしれないが、静かに小食でひっそりと暮らしていたチエミにとっては恐怖であった。

「どうしてそんなに食べるんだろうねえ」

「はあ」

アサミは食べながら目だけを姉に向けた。

「いくら食費をもらえばいいかしら。お母さんもあんたがそんなに食べるなんていってなかったし」

まるで詐欺にあったかのようである。するとアサミは、

「大丈夫だよ。心配しないで。普通いくらくらいあげればいいの？　もしそれで足りなかったらさ、私、東京の食べ放題の店になぐり込みをかけて、こっちでも大食い女王になっちゃうから」

と笑っていた。

チエミはため息をついた。何がパリのアパルトマンのような部屋がいいだ。そんなことをいう前に、あんたのその信じられない大食いを何とかしろ。洒落《しゃれ》たアパルトマンには、大食いの女は似合わないぞといいたかった。のべつまくなし、口の中に物を入れているアサミ。晩御飯が終わって一時間たつと、もうテレビを見ながらお菓子を食べている。何をするにも口の中にお菓子を入れて食べながらする。しかしその顔は本当に幸せそうだった。

学校がはじまっても、大食いは変わらなかった。というよりも、拍車がかかった。驚いたのは朝、起きたばかりなのに、もうお菓子の箱を手にしていることだった。

「おはよう」

といいながら、髪の毛は逆立ち、顔だってぼーっとしているのに、箱を手に口を動かしている。まんじゅうやシュークリームを手にしていることもある。それなのに朝御飯はちゃんと食べるのだ。もちろん量はたっぷり。学校の行き帰りにも、何かを食べ続けていると知ったのは、大家さんのことばだった。

「妹さん、朝御飯、ゆっくり食べられなかったんじゃないの。ポテトチップスを食べながら、駅まで走っていってたけど」

チエミが会社からの帰り、犬の散歩から戻ってきた大家さんに出くわして、そういわれたのだ。アサミに問いただすと、出がけにバッグに入れていたのだが、歩きながら食べたくなったので、食べちゃったという。

「みっともないから、近所を食べながら歩くのはやめなさいよ」

そう叱《しか》ると、

「あーあ、だから大家さんが近くにいると面倒くさくて嫌なのよね。どうしてそんなことまで干渉されなくちゃならないの。何も迷惑なんかかけてないじゃない」

と口をとがらせた。

晩御飯を食べたあとも、テレビを見ながらお菓子を食べ続けるのが、アサミの日課だ。

そしてコマーシャルを見ながら、

「あーあ、お腹がすいた」

とつぶやいたとき、一瞬、空耳かと思い、そうじゃないとわかったときには、チエミは驚愕《きょうがく》した。

「毎食、あれだけ食べて、今だってお菓子を食べているじゃないの」

アサミは照れくさそうに笑いながら、

「シチューのCMを見たら、食べたくなっちゃったのよ」

とうっとりしていった。

「お姉ちゃん、あしたの晩御飯、シチュー作って。あのシチュー食べたあい。食べたあい」

市販のルーを一箱使っても、そのほとんどを、アサミは嵐のように平らげてしまうのだろう。

「はいはい、わかりました」

チエミはこれからの二年間、大食いの妹よりも自分の体のほうが、神経で先に悪くなるのは間違いないと気分が暗くなった。

素敵なお父さん

リエの父、マサオは今年、定年退職である。今後の成り行きがちょっと心配だったリエは、彼のいないところで母親に、

「お父さん、これからどうするの」

と聞いてみた。のんきな母親は、

「なかには系列の会社の顧問におさまる人もいるらしいけど。不景気だからねえ。お父さんまでそんな話はまわってこないわよ」

と茶碗《ちゃわん》を拭《ふ》きながらいった。

リエは二十八歳。五歳年上の姉はすでに嫁いでいる。母親は五十七歳で、まあ、ごくごく普通のサラリーマン家庭である。マサオもごくごく普通の父親で、

「女に囲まれて、立場がない」

といいながら、姉やリエたちの成長を楽しみにし、かわいがってもらった。知っている限りでも、浮気なんかはしなかったと思う。リエが就職してから、

「お父さん、浮気したこと、あったのかなあ」

と母親にたずねたら、

「あっはっは。お父さんにそんな度胸があるわけないでしょ。お見合いのときだって、こ

の人、こんなに上がっちゃって大丈夫かしらって思ったくらいなんだから」

と大声で笑われた。母親のほうはお見合い慣れをしていて十回目だったが、父親ははじめてだったという。

「どうしてそんな人と結婚したの」

というリエの問いに、母親は、

「正直でまじめそうだったから」

といった。今は五十七歳の母親も、二十代のときがあった。お見合いをする前は、

「お金持ちがいい」

と条件を出していたのだが、気に入らない相手には好かれ、気に入った相手には断られということを繰り返し、そこでこのような条件を出していてはいけない、もっと門戸を開こうと思っていた矢先に、紹介されたのがマサオだったのである。両親も彼を気に入り、何の問題もなく婚約、結婚となり、姉のミエとリエが生まれた。そしてマサオ、勤続三十八年、定年を迎えたというわけであった。

リエから見て、そのときが近づいた父親は、やはり淋《さび》しそうであった。出勤前、どことなく肩を落としているのを、リエが励まそうと思い、

「どうした、お父さん、また毛がいっぱい抜けたかあ？」

と明るく声をかけたら、台所から母親が飛び出してきて、リエを部屋の隅に連れていった。

「さっき洗面の前で、髪の毛をとかしながら、『おれの頭も薄くなったなあ』って悲しそうにつぶやいていたんだから。だめよ、そんなこといっちゃ」

「げっ」

二人でそーっと父親のほうを見ると、蚊の鳴くような小さな声で、

「いってきます」

と肩を落としたまま出ていった。

「最近、暗いのよ。だから変にかまわないほうがいいのよ。気分が明るくなるようなことならいいけど」

「だから、冗談で笑いとばせる話がいいかなって思って」

「お父さんに髪の毛の話をして、気分が明るくなるわけないでしょ」

「じゃあ、喜ぶ話って何よ」

「うーん」

母親が考え込んだ。結婚生活が三十数年に及んでも、夫が喜ぶ会話は何だろうと悩むものなのかと、リエはちょっと驚いた。

「この間、高島礼子を見て、うれしそうな顔をしてたけど」

「高島礼子？」

娘が父親に、高島礼子について、いったい何を話しかければいいのだ。

「他には？」

「そうねえ」

母親は考え込んでいる。

「そう考えると、お父さんって無趣味なのよね」

リエがため息をつくと、母親は待ってましたとばかりに、

「そうそう、そうなのよ」

といった。

「若い頃に趣味がなくても、年をとると碁や将棋をはじめる人もいるじゃない。でもそうならなかったわね。これでもいろいろと勧めたのよ。釣りはどうか、ゴルフはどうかって。そうしたらお父さん、『釣りは寒いし、ゴルフなんて、球を打って穴にいれるなんて、どこが面白いのかわからない』っていったのよ。何をいってもだめだったんだから」

ふんふんと話を聞いていたリエは、遅刻しそうになり、あわてて家を出た。退職したあと、会社人間だった人ほど、何もすることがなくて、心の中にぽっかり穴があいてしまい、一気に老け込んでしまうと聞いたりすると、やはり心配になった。もしも体の具合でも悪くされたら、自分のところにまで影響がある。とにかく元気で留守がいいというのをずっと保ってくれないと、のちのちリエ自身が困るのだ。

同僚や友だちに聞くと、庭いじりをはじめた父、盆栽に凝りだした父、ボランティアに参加するようになった父、碁を打ちはじめた父など、さまざまだった。なかには、

「うちの近所のおじさんなんかは、やることがなくて、どんどん暗くなっちゃって、気の

毒に自殺未遂まで引き起こしたんだよ」

といった人もいて、リエは衝撃を受けた。

「絶対に何かやらせなければ」

これが娘としての使命のように思われた。暗い顔をしてじとーっと家にいられたら、それだけでこっちの気分も暗くなる。今朝のような暗さがずっと続くなんて、まっぴらであった。

リエの望みとしては、山歩きなどの自然と親しむものがいい。できれば父親一人というよりも、母親と一緒に仲良く余生を過ごしてほしかった。そういえばずいぶん前、両親は親類の結婚式に出席がてら、旅行をしたことがあった。そのときも父親はずっと、

「早く家に帰りたい」

を連発していたと母親が嘆いていたことを思い出した。母親のほうは好奇心もあり、社交的な性格なので、何をやるのも抵抗はないはずだ。父親みたいに釣りやゴルフにあれこれ文句をいうような性格だと、何を切り出してもぶつぶついいそうだ。

「まさか高島礼子の追っかけをしろともいえないし」

リエは途方にくれた。

姉に相談しようと、電話をかけた。

「はあい」

声が聞こえたのと同時に、

「ぎゃあああ、あーん」「ぎえーっ」と、子供の叫び声が耳をつんざいた。姉の家には四歳と二歳の女の子がいるのだ。

「どうしてそんなことで喧嘩《けんか》するの。何度いったらわかるのよ。いい加減にしなさいよ」

二人を叱《しか》りつけて、彼女はまた、

「ごめん、ごめん、もう、うるさくって」

と息づかいが荒くなった。リエは手短に父親の定年退職のことを伝えた。

「そういえば、正月にそんなことといってたわねえ」

姉はそんなことはころっと忘れていたようだ。

「で、これから先、どうするのかなって心配になっちゃって、お姉ちゃんに電話してみたの」

姉妹の会話は、「ぎぁあああ」「ぶったあ」「いたーい」「かえしてええ」という子供の叫びで何度も中断した。

「ユカが意地悪をしなきゃいいの。マリエもいつまでもしつこくするんじゃない！」

大声で怒鳴りつけたあと、姉は、

「なんだって」

といった。

「だから、お父さんが……」

「ああ、定年のことだったね。お父さんが好きなようにするんじゃないの」

姉にばしっと鉈《なた》切りされて、リエはすぐ次の言葉が出てこなかった。

「でも、今から暗いのよ。だから心配になっちゃって」

「そりゃあそうでしょう。何十年も勤めていたんだもん。でもさあ、ずっと勤めていられるわけじゃないことは、お父さんだってわかってるんだから、いいようにするわよ。ほっといていいんじゃないの。そんなことより、あんた、自分の結婚のことを心配したらどうなの」

痛いところをつかれ、むっとしたリエの耳に、

「ぎゃー」

という泣き声が聞こえた。

「そんなことしちゃだめだっていったでしょ！」

姉は父親よりも、目の前のことに手一杯だということはわかった。リエが、

「じゃあ、また何かあったら連絡する」

というと、彼女は、

「はいはい」

とだけいって、がちゃんと先に電話を切った。

年が明けてから肩を落とし続けていた父親は、とうとう退職の日を迎えた。母親、リエ、姉の一家で、これまでの苦労をねぎらった。母親が父親の好物のちらし鮨《ずし》を作り、ちょっと豪勢なおかずが並び、お祝いのケーキを焼くというホームパーティーであった。リエは

父親に渡そうと、プレゼントの手袋の他に、中高年向きの雑誌を買っておいた。

「ごめんなさい。うちの人、急に仕事が入って来られなくなっちゃって。お父さんにくれぐれもよろしくっていってました」

ミエがそういうと、父親は、

「そうか。仕事があるのがいちばんだよ。クニオくんも働き盛りだからなあ。お父さんもあれくらいの年のときは、出張ばかりしていたもんだ。気にしてもらって、かえって悪かったな」

とまたちょっと暗くなった。それを敏感に感じ取ったリエは、また、何とかせねばという気持ちがわいてきた。

食事も済み、お祝いのケーキも食べ終わったところで、

「おじいちゃんは、会社をやめたの」

と、父親が膝《ひざ》に乗せているユカが聞いた。

「うん、そうだよ」

「どうして」

「どうしてって、そういうお約束だから」

「誰とお約束したの」

「会社のえらい人」

「ふーん、じゃあ、おじいちゃんは会社には行かないの?」

「そう。おじいちゃんはね、行くところがないんだ」

一同、しーんとなった。するとユカが、

「じゃあ、ユカと一緒に幼稚園に行こうよ。行くところがあるよ」

と叫んだ。

「あははは。それはいいわねえ」

母親と姉は大笑いした。リエは父親の顔色を窺《うかが》っていた。

「そうだな、ユカちゃんと幼稚園に行くのもいいねえ。でもおじいちゃんはお遊戯ができないからなあ」

「平気だよ。ユカちゃんが教えてあげるから」

そういってユカは膝の上から降り、幼稚園で習ったというお遊戯を踊り始めた。父親は何ともいえない顔で、それを眺めていた。

「ほら、プレゼント、プレゼント」

リエは大声でいって、みんなにプレゼントを出させた。

「ユカとマリエが描いた、おじいちゃんの絵だよ」

二人がクレヨンで描いた絵を見ると、ユカはともかく、マリエのは丸に毛が三本生えているような、わけのわからない代物だったが、それでも父親はうれしそうだった。姉夫婦からは洒落《しゃれ》たジャケット、母親からはセーターだった。リエもプレゼントを渡し終わると、

「ありがとう、悪かったなあ」

と父親はひどく恐縮していた。

「その雑誌に、中高年からの趣味っていうページがあるから。よく読んでおいたほうがいいよ。これから時間はたっぷりあるんだから、何かはじめたら」

リエがいうと、ぱらぱらとページをめくっている。

「お母さんと山歩きとか、旅行とか」

いくらそういっても、

「うーん」

というだけである。

「ソシアルダンスをやってみたいんだけど」

キッチンから母親がいった。

「いいじゃない、二人でダンス」

姉妹が声を揃《そろ》えて勧めると、父親は、

「どうして今さら、お母さんと抱き合わなくちゃならないのだ」

と露骨に嫌そうな顔をした。

「あーら、つまんない。お父さんにふられちゃった」

母親は一人でくるくるとキッチンで廻《まわ》ってみせた。

父が全くダンスに興味を示さないので、母親は、一人でダンス教室に通っていた。

「もう一度、お父さんを誘ったら」

とリエがいうと、母親は、

「どこかに出かけてるみたいよ」

という。どこへ行くのかとたずねても、ふふんとうす笑いを浮かべて出ていくらしいのである。

「一週間に三日は出かけているわね」

母親はカレンダーを眺めながらいった。午後から夕方にかけて家を空け、そして帰ってくる。

「最初は気にしてなかったんだけどね。どうもお風呂《ふろ》に入ってきたような感じがするの」

と母親は声をひそめた。

「えっ、何それ」

銭湯に行ってもいないのに、風呂に入った気配がするところなんて、あの場所しかないではないか。

（お父さん、そっちのほうへ行ってしまったかあ）

リエは頭を抱えた。まじめな男性が、ふとしたきっかけで、風俗にいれこんでしまう話はよく聞く。

（暇だし他にすることがないし。おまけに昼間は料金が安いらしいし）

それからリエは父親を観察した。たしかに出かけた日は、夜になっても血色がいいような気がする。妙にすっきりした顔もしている。怪しい。夕食のとき、リエは、

「お父さん、最近、出かけてるんだって」

と明るくいってみた。

「ああ」

そっけない返事だ。

「どこへ行ってるの」

「ジム」

「じむ？」

リエと母親は同時に声を上げた。

「何の事務なんですか。どこで働きはじめたんです？」

母親はあせって聞いた。父親はぽかんとしていたが、呆《あき》れ顔になって、

「その事務じゃない。ジム。ボディビルのジム！」

とぶっきらぼうにいい放った。

「はあ？」

女二人は箸《はし》を持ったまま、呆然《ぼうぜん》とした。

「前から興味があったんだ」

そういわれても、筋肉のかたまりの、黒三角パンツのボディビルダーと、中肉中背のごく普通の父親の姿は全く一致しない。リエは頭の中で、「ボディビル、ボディビル」と何度も繰り返してみたが、脳味噌《みそ》の中で渦が巻くだけであった。

「まだ、半月しかたってないが、体が引き締まってきたような気がするんだ」

父親はうれしそうにシャツをまくりあげて腕を曲げ、

「ほれ、触ってごらん」

といった。リエはいわれるまま、触ってみたが、それがどういう変化を起こしているのかわからなかった。

「それならそうと、どうしていってくれなかったんですか」

母親がなじると、

「急に格好よくなって、驚かそうと思って」

などという。孫もいるおじいちゃんのボディビルダー。下手をすると重いバーベルなんかを持ち上げたとたんに、脳の血管が切れてしまうんじゃないだろうか。

「トレーナーにも、筋がいいと誉められてるんだ。みんながあっとびっくりするような体になってやる」

父親は胸を張った。

「ああ、そう……」

女二人は暗くなるばかりである。父親は若い頃から平凡な個性のない体を鍛えたいと思っていたが、そういう機会がなかったと話した。

「何も急にそんなことをしなくても。知らなかったわ。そんなことに興味があったなんて。ダンス教室のほうがずっといいのに。男性が不足してるから、お父さんが来たらものすごくもてるわよ。私なんかいつも同じ年のおばさんと、男役、女役って交代しながら踊っているんだから」

母親は悲しそうにつぶやいた。

「今さらおばさんの手を握ったって面白くも何ともない。自分の体を造り上げるのが楽しい」

父親はいつになく饒舌《じょうぜつ》で、ジムにはシニアクラスでチャンピオンになった五歳年上の男性がいて、その人の体が素晴《すば》らしいとうっとりしている。

「肩と腹の筋肉が素晴らしいんだ。ほら、ほとんどのおやじは、背中が丸まったり、腹がだらしなく出てたりするだろう。それが違うんだ。もうほれぼれする」

母親はそれを聞きながら、髪の毛の中に人差し指を入れて、頭皮を掻《か》いていた。今ジムでやっている、バーベルやダンベルを使う、何とかスクワットの話も聞かされたが、女二人にはちんぷんかんぷんであった。

「体に悪いことはないんでしょうねえ」

母親は小声でたずねた。

「悪いもんか。これからは食事にも気をつけなきゃな。そうそう、これから卵の白身を毎日食べるから、卵を切らさないようにしておいてくれよ」

なんでも卵の白身がいいんだそうである。ジムに通っている人のなかには一日、十五個分の白身を食べる人もいるのだと父は力説した。

「わあ、気持ちが悪い」

顔をしかめた母親に、父親はちょっとむっとした。

「気持ちが悪いとは何だ。吐くんじゃなくて食べるんだからいいじゃないか」

「だって白身だけなんでしょう。私、ただでさえ、あの鼻水みたいなずるっとした所、嫌いなんですもん」

「黄身はトレーニング中はよくないんだよ。捨てないで料理に使えばいいじゃないか」

「そのよくない物を、私とリエが食べるんですか」

「かまわないだろ。お前たちはトレーニングをしているわけじゃないんだから」

卵の黄身ばっかり、どうしろというんだろうか。リエは女子プロレスの選手が、卵の白身だけを食べているのを、テレビで見たことがあった。

（本気なんだ）

筋骨隆々とした逆三角形の体に、あの何の個性もない、平々凡々とした六十歳の顔が乗っている。そういう姿を想像しようとしたが、リエの脳味噌はそれを受けつけることができなかった。彼女は血色のいい父親の顔を、ただ、ぼーっと眺めていた。

父親はボディビルどっぷりの生活になった。まず着る物が変わってきた。トレーナーにスウェットパンツ。足元はスニーカーだ。白いワイシャツ、グレーのズボンに革靴だった姿とは大違いである。

「こういう格好はな、くたびれたおやじがすると、本当にくたびれたように見えるが、体を鍛えていると、格好よく見えるんだ」

父親はそういって胸を張る。

「ほら、リエ、見てごらん」

と、頼みもしないのにすぐ服を脱いで、筋肉を見せたがるようになったのは、本当に迷惑だ。

「私はいいから、お母さんに見てもらえばいいじゃないよ」

と逃げまわると、母親は、

「百万回見た」

と淡々としていた。

夫婦で近所に買い物に行ったとき、果物店の奥さんに、

「ご主人、若いですねえ」

と誉《ほ》められたという。母親は、

「お世辞、お世辞」

といっていたが、父親のほうは有頂天で、

「ほーら、みろ。やっぱりトレーニングをしていると違うんだ」

と大喜びしていた。それからは、毎日食べるバナナやリンゴは、多少、値段が高くてもその店で買うことになった。台所にはプロテインの缶が並んでいる。パスタも常備。父親の食事は、すべてトレーニングに合わせたものになっていった。

リエが会社から帰ると、たびたび玄関先に大きな段ボール箱が置いてある。

「またなのよ」

そのたびに母親は顔をしかめた。それはトレーニングの器具だった。ダンベル、鉄下駄《げた》くらいならともかく、腹筋や背筋を鍛えるときに使うベンチなど、だんだん大型化していった。母親には相談もなしに買っているらしく、大きな箱が届いては夫婦で揉《も》めるのを繰り返していた。

父親はボディビルの雑誌を、老眼鏡をかけて食い入るように読んでいる。

「目は鍛えられないの」

リエが聞くと、

「それが、だめなんだなあ」

とちょっと残念そうにいう。

「おっ、これはすごいぞ。お母さん、これはどうだ」

揉めているというのに、雑誌の広告ページを見せた。

「だめ！　だめったらぜーったいだめ。買ったら離婚！」

といい放った。父親は黙ってまた椅子《いす》に座り、リエに向かって、

「ほら、すごいよなあ」

と小声で同意を求めた。それは一台で十八種類のトレーニングができる、四十万円もするマシンだった。

「あ、ああ、まあね」

リエはしどろもどろになった。彼は興味深そうにページをめくっている。父親の背中にいた。

目をやると、たしかに前よりは広くたくましくなったような気がする。たしかに効果はあるようだ。そこで父親にその話をすると、また延々とボディビルの話が続くので、黙っていた。

姉の一家が遊びに来たときのことだった。彼女は父親に「年寄りの冷や水」といってからかった。ところが義兄は、

「お父さん、若々しくなりましたねえ。格好いい」

と誉めたものだから、父親は彼の肩を抱き、拉致《らち》してボディビルについて語り始めた。そして、

「どうだ、きみも」

と誘っていた。

人は努力をすると、どんどん上を望むものらしい。ある日、彼が、

「大会に出る!」

と宣言したときには、母娘は口には出さなかったが、

(とうとう来たか)

と覚悟した。母親は黙ったままだ。

「大会っていうと、あの黒い三角パンツを穿《は》くわけね」

リエがつぶやくと、

「三角パンツではない。ビルダーパンツだ」

といい直しを命じられた。

「ほら、これだ」

すでに買ってあった。母娘は呆然《ぼうぜん》とそれを見つめた。

「ただなあ、毛が出るかもしれんから、剃《そ》らないといけないかも」

二人は失神しそうになった。

大会の準備に入った父親は、オーバーウエイトに気をつけ神経を使っているようだった。肌が焼けているほうがいいからと、ジムで知り合った若い男性と、日焼けサロンにも通いはじめた。母親はほとんどあきらめていて、

「とにかく体のことを第一に考えて」

とそればっかりを唱えていた。

大会の日がやってきた。姉一家も来た。義兄だけが妙にはりきっていて明るい。

「ほら、次ですよ、シニアの部」

父親が出てきた。黒い小さな三角パンツを穿き、体にオイルを塗っているのか、全身が黒光りしている。リエの隣に座っている母親が、手にしたハンカチをぎゅっと握りしめた。父親がポーズをとるたびに筋肉が盛り上がる。会場のあちらこちらから、

「マサオッ」

とかけ声がかかる。義兄は興奮して身を乗りだし、うおーっと叫びながら力一杯拍手をした。

「すごいじゃないですか。かっこいいじゃないですか」

義兄にそういわれた母親は、力なく笑っていた。

「おじいちゃん、すてき」

義兄がいわせた孫のユカの声が聞こえたのか、父親はこちらに向かって手を振った。観客がリエたちのほうを見た。リエと母親は反射的に顔を伏せてしまった。おそるおそる顔を上げると、父親は黒パンツ一丁で、にこにこ笑っていた。

「お父さん、うれしそうだねえ」

母親はリエの耳元でささやいた。

「うん、とっても」

退職後はどうなることかと心配したけれど、目の前にある現実が父親の選んだ道であった。

「あれがこれからのお父さんなんだね」

リエの言葉に母親は恥ずかしそうにうつむいた。そして二人は、舞台をちらちらと見ながら、しきりに顔に吹き出た汗をハンカチでぬぐっていた。

青い影

私と兄のマサユキは四歳違いだ。現在、兄は二十四歳。在学中に二年だぶった上に、就職に失敗して、アルバイトをしている。私は大学二年生である。私たちはサラリーマン家庭に育ち、特別、家庭内にもトラブルはなく、平凡に毎日を過ごしていた。

兄はおっとりしているというか、のんびりとしているというか、間が抜けているというか、いつもぼーっとしていた。そのくせ頑固である。私のほうは子供のときからじっとしていることがなく、口が達者で要領がよく、落ち着きがないとよくいわれ続けた。兄がいつも家の中でプラモデルを作っているのに、私のほうは外でぎゃあぎゃあいって遊んでいた。

おとなしく飛行機を組み立てている兄の背後にまわり、公園で拾った棒きれで、頭をぶん殴ったこともある。いじめてやろうと思ったわけではなく、面白そうだから叩《たた》いただけだ。兄は泣き虫で、ちょっと叩いたり、突き飛ばしただけで、すぐぴーっと泣く。その顔がとても面白いので、私はついつい見たくなったのだ。

そのとき小学校五年生だった兄は、

「痛いよう、痛いよう」

と泣き、私を指差しながら、

「ユウコがなぐったあああ」

と母に訴えた。母は激怒した。私は幼心に、母が兄を溺愛《できあい》しているのがよくわかった。兄はいつも母がいることを目の端で確認していたし、母のほうはいつまでも、

「ぼくちゃん」

と兄を呼んでいたからだ。

「ぼくちゃんが怪我《けが》をしたらどうするの。その棒に釘《くぎ》が出ていたら、死んじゃったかもしれないのよ！」

母は胸に兄の頭を抱き、指で髪の毛をかき分け、頭に傷がないか調べながら怒鳴った。

兄は、

「ひっくひっく」

としゃくりあげながら、涙目でこちらをにらみつけた。

「どうしてそんなことするの！」

そういわれても特別理由がない私は、黙って棒を持ちながら、身をよじっていた。

「それをこっちに貸しなさい」

母は私の手から棒をふんだくり、それで私のお尻《しり》を二度、三度と叩いた。

「うわーん」

今度はこちらが泣く番である。

「ぼくちゃんはもっと痛かったのよ。もうこんなことをしちゃっだめ！」

兄は母を頼れるが、原因を作った私は母を頼ることができない。どうしていいかわからず、ただ、大声で、

「わあーっ」

と泣きながら、棒立ちになっていた。

他にも公園の砂場で兄に砂をぶつけたり、大切にしている怪獣のプラモデルを隠したりして泣かせたことはあったが、兄は自分が間抜けなことをして、泣くことのほうが多かったような気がする。

これは母から聞いた話だが、小学校の一年生の兄を、

「嫌だ、嫌だ」

というのにすべり台の上に立たせ、

「ほら、ここまで滑っておいで」

と下から呼んだ。するとどういうわけだか兄は前につんのめり、大泣きしたまま頭からすべり降りてきて、母を驚愕《きょうがく》させたというのだ。乳母車の中の私は、ただ、おろおろする母と泣き叫ぶ兄をぼーっと眺めていたという。

「みんなは喜んで遊ぶのに、ぼくちゃんは小学校に入っても、怖がってジャングルジムやぶらんこで遊ばないから、慣れさせようと思ったのよ。そうしたら緊張して頭から落ちちゃったのねえ」

と母はつぶやいていた。

こんなふうだから、もちろんスポーツは大の苦手で、だいたい実技は2。運動神経のなさを学力で必死に補って、3とか4にしていたが、運動神経のなさはずっと変わらなかった。私のほうは体育は5以外もらったことがなく、運動会では花形だった。小学生のとき、全員リレーのときに兄が何人にも抜かれていくのを見て、私の人生であんなに恥ずかしいことはないと、思った覚えがある。

それでも兄は、私のことをかわいがってくれた。性格も得意分野も全く違うので、嫉妬《しっと》し合ったり、ぶつかったりしなかったからだと思う。誕生日には、

「これ、プレゼント」

といって、きれいなハンカチをくれたりした。私が喜ぶと兄もうれしそうな顔をしていた。お返しのつもりで、兄の誕生日にキーホルダーやノートをあげると、

「本当にいいのか」

と大喜びしていた。この習慣は兄が高校を卒業するまで続いた。兄はプレゼントをくれ続けたが、私のほうが何だかばかばかしくなって、お返しをしなくなった。そうしたら向こうもプレゼントをくれなくなったのである。

私と兄は外見も似ていない。兄は貧相で男性としては小柄で、顔も地味で青白い感じである。どことなく影が薄い。しかし私のほうは目が大きく、いかにも活発という感じだといわれる。兄が母に、私が父に似ている。母が溺愛するのを苦々しく思っていた父は、事あるごとに兄を外に連れだそうとしていた。

「マサユキは根性がなくってなあ」

父はそのときのことを話すとき、今でも顔を曇らせる。ハイキングに行けば、帰りは必ず道にへたりこみ、

「もう歩けないよう、足が痛いよう」

といって泣きじゃくる。妹の私がけろっとして歩いているのにである。

「甘えるな。男だろ。ちゃんと歩け！　見ろ。ユウコだって歩いているじゃないか！」

そう檄《げき》をとばしても、ただ目をとろとろにして泣くだけ。すると母が、

「しょうがないわねえ」

といっておんぶするというのが、パターンだったというのだ。

「だいたい、お母さんが甘やかしすぎたんだ。だからあんな、しゃきっとしない男になって。ユウコのほうがよっぽど男らしい」

そういわれた兄は、ぐっとくちびるを嚙《か》みしめ、こぶしを握り、いちおうは抵抗する素振りを見せた。そして突然、だーっと走り出した。みんながあっけにとられている前で、足がもつれてばたんと転び、

「ぎゃー」

と泣き叫んだ。母はあわてて走り寄り、父は途方にくれたといっていた。

私が高校生のとき、兄がいると知ると、友だちはしつこく、

「お兄さんってどんな人？」

と聞いてきた。私が目鼻立ちがはっきりしたタイプなので、兄も同じような、とっても精悍《せいかん》な顔をしていると思ったようなのだ。

「似てないよ。影が薄いタイプだもん」

そういっても彼女たちは、

「またまた、隠しちゃって。ずるいなあ」

などという。いくら本当のことをいっても信用してくれないので、これは実物を見せるしかないと、ぞろぞろと友だちを引き連れて家に帰った。

大学から帰っていた兄は部屋にいた。

「お兄ちゃん、お兄ちゃん」

と呼ぶと、友だちはお互いに顔を見合わせて、

「ふふっ」

と笑っていた。

「なんだあ」

ぬーっと姿を現した兄を見て、友だちの周辺の空気が、ふっと変わったのがわかった。明らかに彼女たちの目には落胆の色がみえた。

「みんながお兄ちゃんに会いたいっていうから、連れてきたよ」

そういうと、

「ああそう、そうなの。みなさん、いらっしゃい」

といって兄はぺこっと頭を下げてにこっと笑い、自分の部屋に引っ込んだ。

「あ、あの、あ、こんにちは」

みんなもぺこっと頭を下げた。それから私の部屋でみんなと話をしていたが、兄の話題はこれっぽっちも出なかった。

一方、兄のほうは定期券入れの家族写真を友だちに見られ、妹を紹介しろといわれていたらしい。すると、

「だめ、絶対にだめ」

と拒絶し、家に遊びに来るといった彼に対して、

「絶対に来るな」

といったという。それを兄から聞いた母は、さすがに、

「何を考えているんだか」

と呆《あき》れていた。私は家族写真を定期券入れに入れていたという事実に驚いた。たしかに母の誕生日にみんなでレストランで食事をしたとき、記念写真を撮った。しかしそれを母が持ち歩いているのならともかく、兄が持ち歩いているというのが、全く理解できなかったのだ。

兄が大学に入ったとき、母は、

「体育はあるのかしら」

と心配していた。私が、

「学科もあるから、平気だよ」

と いうと、ちょっと安心したようだった。しかし兄は体育の単位がとれなくて落第した。出席が足りなかったのである。授業があったのは土曜日の一時限目で、金曜日の深夜までアルバイトがあった彼は、どうしても起きられなかったらしいのだ。出席しなければ単位はもらえない。特例措置として、スキー合宿、スケート合宿に参加すれば、単位がもらえるということだったが、

「寒いからいやだ」

と行かなかった。

「お父さんには絶対に、こんなことはいえないわ」

母はうろたえ、

「何とかしなさい」

と兄を叱《しか》った。しかし本人は、

「どうしようかなあ」

とのんびり構えているだけだった。

当時、私は兄から、

「友だちにあだ名をつけられた」

と聞いて、こんな個性のない兄に、どんなあだ名がついたのか、知りたくて仕方がなかった。

「何ていうの」

「ふふん、当ててみろよ」

「わかんないよ、そんなの」

兄はあだ名をつけられて、喜んでいる様子だ。しかしどう考えても、彼が喜ぶようなあだ名がつけられたとはとても思えない。もったいぶったあげく、兄が教えてくれたあだ名は、

「青い影」

だった。

「ロマンチックでいいだろ」

兄はうれしそうだったが、私は目の前で、

「あっはっは」

と笑ってしまった。

「おかしいか」

「おかしいに決まってるじゃん。影の薄いお兄ちゃんがさ、ぬーっと部屋の隅に立ってるの、亡霊みたいに。本当に青い影だよねえ。つけた人、頭がいいわあ」

私がそういうと、兄は顔をしかめて、そそくさと立ち去ってしまった。

何とか六年かかって大学を卒業したものの、不況で兄の就職先はなかった。あったのかもしれないけれど、合格しなかったのである。両親は、

「とりあえず、どんなところでもいいから、就職するように」

と申し渡したが、兄は最後の最後で合格した中小企業にも行かなかった。どうして会社に行くのをやめたかというと、試用期間で出社してみたら、兄以外、みんな四十歳なかばすぎの、おじさんやおばさんばかりで、こき使われるのが目にみえていたからというのである。

「そういうところだったら、若い子が行ったら、かわいがってくれるかもしれないじゃないの」

母はそういって説得したが、父は、

「そんな、わがままをいう奴《やつ》は勘当だあ」

と怒り、大騒動になった。仕方がないので当分はアルバイトで食いつなぎ、就職先を探すということになったが、兄の姿を見ていると、とても意欲的に就職先を見つけているとは思えないのである。

最初に兄がアルバイトをしようとしたのは、近所のコンビニエンスストアだった。しかしそれを知った母が、

「ご近所にみっともないから、離れたところでやって」

と訴えたので、すぐそばにコンビニがあるのに、わざわざ電車に乗ってアルバイトに通っている。

父は母に、

「ちゃんと食費は取れよ」

といっていたが、兄は家に一銭も入れていない。

「だってこれは、僕が稼いだお金だから。別にお金を入れなくても、家は困らないだろ」

というのが兄のいい分なのだ。

面と向かって兄に文句をいえない母は、私にぶつぶつと愚痴をこぼした。コンビニのアルバイトをいつまで続けるつもりか、いったい何をやりたいのか、このままでは私とお父さんは安心して死ねないとまでいう。

「そうお兄ちゃんにいったら、いいじゃん」

私がうんざりしていうと、

「ぼくちゃんはきっと怒るもの」

とうつむく。いつまでもぼくちゃんじゃないだろうよと思いながら、私は面倒くさくなって、うつむく母をほったらかしにしておいた。

兄は相変わらず、夕方出ていって、朝に帰ってくる生活を続けていた。父とは全く顔を合わせない生活だ。父は、

「いったい何を考えてるんだ。いい年をして。もう、家から追い出せ。住む場所があるから甘えてるんだ」

と朝食のときどなった。母は眉間《みけん》に皺《しわ》を寄せて、

「でも……、でも……」

と繰り返すだけだった。もちろん父がそういったことなど、「ぼくちゃん」に話すわけがない。兄は兄でマイペースだ。

「しーらないっ」

すがるような母の視線に気がついた私は、あわてて席を立って学校に行った。

学校からの帰り、兄の働きぶりをみようと、アルバイトをしているコンビニを、こっそりのぞいてみた。入り口には茶髪の男女高校生がたむろしている。店内は学生たちや近所の奥さんたちで混雑している。私は雑誌スタンドのほうにいって、立ち読みをしながら、様子をうかがっていた。兄は私と同い年くらいの女の子と、一緒にレジのところに立っていた。次から次へと客がレジに並ぶ。てきぱきしているのは女の子のほうで、兄は腰を曲げ、必死に商品を袋詰めにしている。客がとぎれると、女の子は、

「あとはお願いします」

といって、奥に引っ込んだ。口のきき方から察するに、明らかに兄を気に入っていないことがわかった。それなのに兄は、

「はい、わかりました」

とぺこぺこしている。

(情けないわねえ)

おばさんが卵を一パック持って、レジにやってきた。

「いらっしゃいませ」

何かやらかさなきゃいいがと思っていた矢先、

「あっ」

というおばさんと兄の声がした。振り返ると、兄が卵を床に落としたらしく、あたふたとしながら、代わりの卵を持ってきた。

「すみません、すみません」

相変わらず兄は、ぺこぺこし通しだ。おばさんは憤然として、黙ったままお金をつき出した。いつの間にか、レジには長蛇の列ができている。

（ああ、あんなに並んでる）

心臓がどきどきしていると、突然、お弁当売り場の横のドアがぱーっと開き、さっきの女の子が、仏頂面で姿を現した。そして兄の手からバーコードの読みとり機をひったくり、てきぱきと処理しはじめた。そして、

「三百八十円になります」

と客にいいながら、

「四人並んだら、ブザーを押してっていってるでしょ」

と兄を叱りつけた。

「は、はい、すみません」

兄は小さくなっている。私はこそこそと外に出た。

両親はあのような兄の姿を見たら、卒倒してしまうだろう。どうせ怒られるのなら、会

社に勤めて、おじさんやおばさんに怒られているほうが、ずっとましではないだろうか。私だって兄がいつまでも年下の女の子に叱られるのは耐えられない。彼女に叱られて、むっとするどころか、ますます体を小さくしている彼がふがいなかった。もちろんこんなことは両親にはいえない。青い影はコンビニでも、文字通り女の子の隣で影となっていた。

「どうするんだ、お兄ちゃん」

私は帰り道、何度もつぶやいた。

兄がコンビニのアルバイトをはじめて、二、三か月が経った。休みの日でも家にいると母にあれこれといわれるのを嫌って、兄は出かけてしまう。それがまた母は気になるらしく、

「昔はあんな子じゃなかったのに。いつも私の後をくっついて歩いていたのに」

と嘆いた。

「小学生じゃあるまいし、あの年でそういうことをしているほうが、気味が悪いよ」

私がいうと、母は、

「それはそうだけど……」

というものの、いつまでも幼いころの兄を引きずっているようだった。

父は兄を許してはいなかった。両親や私たちがそろそろ寝ようかと思っているところへ、平日の休みで外出していた兄が帰ってきたのを見て、

「何やってるんだ、お前は」

と怒鳴りつけた。兄は黙って自分の部屋に入ろうとした。

「いつまでぐだぐだしていれば、気が済むんだ」

父は兄が手に下げている紙袋を引っぱった。

「うるさいな」

「いい年をして、甘えるのもいい加減にしろ」

兄は顔をそむけたまま、紙袋を必死に引っぱりかえした。

「のんきに買い物なんかして。何を考えてるんだ」

「二人ともやめて。ご近所に迷惑……」

母はおろおろするだけである。男二人が力まかせに紙袋を引っ張り合っているうちに、袋の持ち手の部分がちぎれ、中身が床に落ちた。長さ三十センチほどの箱が三つと、薄紙に包まれた何やらわからないものだ。兄はあわてて落ちた物を拾おうとしたが、力ずくで父に横取りされた。怒りで鼻息が荒くなっている父は、箱を手に取りびりびりと包装紙を引き裂いた。

「ああああ」

兄は髪の毛をかきむしっている。

「ん？」

箱の中身を見た父親の目が点になっている。

「どうかしたの」

母は父の手元をのぞき込んだあと、口をあんぐりと開けた。

「どうしたのよ、いったい」

私も横からのぞき込んだ。

「あっ」

箱の中に入っていたのは、ルーズソックスを穿《は》いた、セーラー服姿の女子高校生のお人形だった。

「何だ、これは」

父は怒りをあらわにしている。母はあせりながらも、

「これは、これはユウコへのおみやげでしょ。そうよね」

と兄に優しく語りかけた。兄は真っ赤な顔をして、おろおろしている。長い髪の毛を垂らし、セーラー服の上衣の丈が短めで、ミニのプリーツスカート。手には学生鞄《かばん》。顔だって体だってリカちゃんみたいなお人形ではなく、胸も盛り上がっていてなまめかしい。こんな物をもらったって、ちっともうれしくない。

「こっちは、何だ!」

父は女子高校生人形が入った箱を床に叩《たた》きつけ、いつの間にか兄が胸にかかえこんでいた、薄紙に包まれた物を取ろうとした。

「やめてくれよお」

兄は身をよじった。

「うるさい！」

体育会系の体の大きな父と、か弱い兄が喧嘩《けんか》をしたって勝てるわけがない。案の定、必死の抵抗も虚しく、兄は包みをもぎとられ、

「あああああ」

と髪の毛をかきむしった。

父はばりばりと薄紙を剝《は》いだ。

「わっ」

中身が出てきたとたん、父は思わず包みを取り落とした。家族の目が落ちた物にそそがれた。床の上に転がったのは、全裸で股《また》を大きく開いた人形だった。私たち三人は、右手でうまいこと股間《こかん》を隠しているものの、乳は丸出しの大人の人形を、呆然《ぼうぜん》と見ていた。兄はあわてて全裸の人形を拾い上げ、トレーナーの下に隠した。

「お前は、お前は、お前はあーっ」

父は握り拳《こぶし》で兄の頭を殴った。

「ひいっ」

兄はその場にくずおれ、腕で頭をかばいながら丸まった。母は引き寄せられるように兄のところにすっとんでいき、頭をさすってやりながら、

「殴ることはないでしょ！」

と父を涙目でにらみつけた。

「こんな馬鹿野郎なんか、かまうな。とっとと出て行け。二度と顔を見たくない！」

父は玄関に行き、ドアを開けて兄の靴を外に放り出した。父は肩で息をしながら、戻ってきて、床に転がっているもうひとつの箱を、兄に投げつけ、両親の寝室に入って行ってしまった。

「いったい、どうしたっていうの」

母は兄の頭をさすりながら、小声で聞いた。兄は黙っている。私は何もいう言葉がなく、ただの傍観者になっていた。

「お父さんにあやまりなさい。ね、あれもこれも、ぼくちゃんがちゃんと就職しないからよ。だからね、アルバイトなんかしないで、お勤めしてちょうだい」

まるで小学生にいい含めるように話していたが、兄は無言だった。

私は黙って部屋に戻り、ベッドの中に入った。しかしあの人形が目の前にちらつき、胸がどきどきしてきた。兄もいちおう男である。女性に無関心であるわけがない。しかしあれは女性の裸の写真を見る以上に、私にとってはショックだった。

二日後、兄は出て行った。学校から帰ると母が、

「レンタカーで部屋にあった荷物を、全部運び出したの。どこへ行くのって聞いても、教えてくれなかったの」

と涙目になっていた。

「ふーん。ま、しょうがないじゃない」

思った通りの感想をいうと、母は、

「どうしてそんな冷たいことがいえるの」

となじった。心配もなにも、兄だって大人なんだから、親がとやかくいうことはないんじゃないか。たしかにああいうことは妹の私にとってもショックだったが、世の中、そういうもんだと思えば、何事もなかったように私には思えるのだ。

「警察に相談したほうがいいかしら。そうだ、アルバイトをしていたコンビニに行けばわかるかもしれない」

母はひとりごとをいいながら、廊下を所在なげに歩き続けていた。兄の家出を聞かされても、父は動じなかった。母はコンビニに聞きに行ったが、バイトはやめていて、兄の行方はわからなかった。

十日ほどして、兄が書いたらしい住所のメモが、郵便受けに入っていた。

「あんただったらぼくちゃんも素直になれるだろうから、ちょっと見てきて」

母に頼まれた私は、学校の帰りにメモに書かれた住所に行ってみた。古ぼけた小さなアパートだ。ドアをノックする前に、窓から中をのぞくと、人がいる気配がする。ドアをノックすると、台所の小さな窓から兄が顔を出し、にこにこして私を中に入れた。六畳に小さな台所とトイレがあるだけで、風呂《ふろ》はない。部屋に入ってびっくりしたのは、そこいらじゅうに人形があることだった。

「家では箱に入れてたんだ。お母さんがすぐ部屋に入ってくるから」

そういいながら満足そうに人形を見た。家出の原因になった人形はもちろん、全裸で両手でりんごを持って股間を隠しているものや、ボンデージ、バニーガールもいた。兄は自慢げに、これはイベントの限定品だとか、あれこれ説明したが、私にはよくわからなかった。ひとつひとつを丹念に眺めるのは、とても恥ずかしいことだった。ただピンク色や肌色の集団として、兄のコレクションを眺めた。

「お兄ちゃん、お人形が好きだったの」

小声でつぶやくと、兄は、

「人形じゃない。フィギュアと呼んでくれ」

と胸を張った。よくぞこれだけの数のフィギュアを隠し持っていたものだ。実家にいるときは並べて眺められなかったのに、ここでは思いっきりできる。父に殴られることもない。兄は、

「ずっと頼んでいたんだけど、フィギュアを扱っている店にも就職ができるんだ」

とうれしそうだった。趣味と実益を兼ねた職場を見つけたらしい。両親には理解できないだろうし、私にもほんのちょっと理解できない部分もあるけれど、兄にとってはよかった。相変わらず青い影の兄であったが、ピンクや肌色の女の子フィギュアを背に、存在感が薄いなりに、胸を張って自己主張をしていたのであった。

燃える母

エリカが夜九時に家に帰ると、母はまだ帰っていなかった。彼女はテレビをつけ、その前で制服を乱暴に脱いで、Tシャツとジーンズに着替えた。そして洗面所で化粧を落として、テレビの前にあぐらをかき、煙草《たばこ》に火をつけて、

「ぷはー」

と煙を吐いた。

エリカは高校二年生、帰る時間はいつも九時すぎだ。もちろん学校はもっと早く終わるけれど、友だちとぶらぶら遊んでいるので、いつも家に帰るのはこのくらいの時間になってしまうのだ。彼女の母、エミコは三十七歳でバツイチ。若い頃に結婚をしたが、夫の暴力に耐えかねて、赤ん坊のエリカを連れて離婚したのである。だからエリカは父の顔を知らない。両親が顔を寄せ合っている恋人時代の写真を見せてもらったことがあるが、父親はいかにも女にもてそうな、ナンパ師といった感じの男であった。

「あたしはこんな男についていかないな」

エリカがそういうと母は、

「そうかなあ。結構いい男だったんだけどなあ」

と写真を眺めた。夫はエミコが他の女性との仲を詮索《せんさく》すると殴った。それもしょっちゅ

うだったので、エミコは殴られ続けることになる。それならば黙っていればいいのだが、エミコはすべてを追及しないと気がすまない性格だったので、二人の生活は崩壊したのである。

それからエミコは、エリカを実家の母に預けて働いた。給料がいいのはやはり水商売だった。それでもエリカが小学校に上がってからは、昼の勤めに変わった。派手ななりのエミコを見て、近所の人々が噂《うわさ》をし、エリカが小学生になって、学校でいじめられたらかわいそうだというのが、エミコと祖母の考えだった。

エリカが小学校五年生のときに、祖母が亡くなった。それ以来、母と二人で暮らしてきたのである。

「私は華やかにしてるのが好きなの」

そういうエミコは華やかというよりも、ものすごく派手であった。髪の毛が黒い母の姿を、エリカは見たことがない。

「茶髪なんか、あんたが生まれる前からやってるわ」

と笑いながら煙草を吸う。祖母が亡くなってから、エリカの食生活はめちゃくちゃになった。エミコが何も作らず、また作ろうとしないからである。だいたいファストフードか冷凍食品で済ませたり、お小遣いをもらって外食をしたりした。それに飽きたエリカが、野菜炒《いた》めなどを作ると、

「いい子ねえ、ありがとう」

とエミコは感動して抱きしめてくれたりした。でもそれを強要はしない。エリカが作ればは大喜びして食べ、そうじゃなければ出来合いで済ませるといった具合だった。

エミコは定時に終わる事務の仕事を終えると、時間が余っているからと、居酒屋でアルバイトをしていた。エリカが高校に入ったころからである。その居酒屋の店主の女性と知り合いで、頼まれたという。もしかしたら、水商売時代の同僚かもしれないなと思いながら、エリカは深くは聞かなかった。母親にずーっと家にいられるよりも、あまり家にいないほうが都合がよかったこともある。中学生のとき、ボーイフレンドを連れ込んでも、ばれなかったし、今日のように遊んで帰ってきても、文句はいわれない。母親と住んでいるというよりも、同居人がいるという感じであった。

エリカは寝ころんでテレビを見ながら、二本目の煙草に火をつけた。

「宿題、面倒くさいなあ」

厳しい英語の教師は、毎回、宿題を出す。英語が大嫌いなエリカはいつもうんざりしていた。最初のころは、朝、友だちにノートを写させてもらったが、そう何度も頼めない。

「日本人なのに、なんで英語なんかやらなきゃなんないんだよ」

そうつぶやきながらエリカは、灰皿を持って自分の四畳半の部屋に行った。

教科書を広げたとたん、何もしていないのに頭がじーんと痛くなってくる。エリカはまた煙草に火をつけた。頭に浮かんでくるのは、学校の帰りに友だちと話したことだった。その子は色白でとてもおとなしくみえるタイプである。彼女が夜遅く歩いていると、おじ

さんに声をかけられた。お金をあげるから遊ぼうといわれたので、

「うるせんだよ、くそおやじ。とっとと帰れ！」

と怒鳴りつけてやったら、驚いた彼の足がもつれて、道路の横の溝にはまってしまったというのであった。

「くくくく」

エリカは教科書に丸だの三角だのを書きながら、思いだし笑いをしていた。

しばらくして玄関先で女性の大きな声がした。

「ただいまあ」

ドアを開けると、そこには年配の男性に体をささえられたエミコの姿があった。

「ただいまあ、エリカちゃんっ」

「おかえり」

そういいながら男性のほうを見ると、ちょっと困ったような笑いを浮かべ、

「こんばんは」

と頭を下げた。

「どうも」

エリカが頭を下げると、エミコはつんのめるように部屋に入ってきて、

「ほら、ちょっと上がって、上がって。散らかってるけど。あっ、テレビがついたままじゃないか、エリカ」

とわめいた。

「いや、遅いから、ここで帰るよ」

男性はそういったあと、エリカにむかって、

「お母さん、なんだか早く出来上がっちゃってね。じゃ、おやすみなさい」

と小声でいって帰っていった。

「ねえ、たーちゃんったら。こっち、こっち」

男性が帰ったことに気がついていないエミコは、大声で呼んだ。

「帰ったわよ。もう遅いからって」

「なーんだ、そうなの」

「もう遅いんだから、大きな声を出しちゃだめだよ。迷惑じゃない」

エリカにたしなめられて、エミコは、

「はあい」

としょげながら低い声で返事をし、茶色に染めた、カールのきついロングヘアを、ぼりぼりと掻《か》いた。

ふと見ると、テーブルの上にスナック菓子があったので、エリカはそれを食べはじめた。

「何時頃帰ったの？」

「さっき」

「ふーん」

エミコは大あくびをした。

「早く帰ろうと思ったんだけどね、誘われちゃってついつい飲んじゃったのよ」

「あっそ」

毎度のことだと思いながら、エリカは菓子を口の中に放り込んだ。

「夜、食べた。食べてないの?」

「食べた。マックで」

「ああ、そう」

娘がこんな時間に菓子を食べていても、エミコは一向に気にしていないようだ。

「お風呂《ふろ》沸かしてよ」

そういわれたエリカは、

「これから宿題やんなきゃなんないもん」

と口をとがらせた。

「それじゃあ、あんた、お菓子なんか食べている暇ないでしょ。さっさとやりなさいよ」

さっきたしなめられた仇《かたき》を取るような口調でエミコはいった。

「してたのに、ママが大騒ぎして帰ってきたんじゃないか。大声出して」

「あら、そうだったの……」

「あのおじさん誰?」

「ああ、たーちゃんのこと。たーちゃんとは何でもないのよ。やだわ、あの人と私が何かあるかと思ってんの？　むこうはどうかわからないけど、私はそんなことはないわよ。奥さんも子供もいるし。ただ送ってきてくれただけ。それだけ」

　エリカはやっと菓子を食べるのをやめ、

「一人で帰れないほど飲むんじゃないよ。最近は物騒なんだから。人に迷惑をかけるんじゃないの」

と怒ってやった。母親につっこまれないようにするためには、先に攻撃的な態度に出るしかないのである。

「はい」

　エミコは素直にこっくりとうなずいた。エリカは風呂のガス釜《がま》に点火し、

「自分で温度を見るんだよ、ぼーっとしてると熱くなるからね。わかった」

といい残し、部屋に入っていった。

「はい」

　エミコはおとなしく頭を下げた。

　翌朝、母娘はばたばたとあわただしく目を覚ました。母親には偉そうにしたエリカであったが、部屋に入ってしばらくは宿題をやっていたのに、いつの間にか寝てしまい、ほとんど問題に手をつけずに、朝が来てしまった。一方、エミコのほうは、いい気持ちでぎりぎりまで寝てしまった。二人の間には会話などない。エリカはシャワーを浴びに走り、エミコは鏡に向かってパンをかじりながら、化粧をしはじめた。エリカのほうは朝食は食べ

ないで、外に飛び出す。食べる物があったらそれを食べ、なかったら食べない。こうやって二人はずっと暮らしてきたのである。

エミコは昼間の事務の仕事を、定収入を得るためだと割り切っていた。どんなことがあっても、じっと我慢していれば、給料もボーナスももらえる。

「大変ね」

と声をかけてくれる人もいれば、興味津々で過去を根ほり葉ほり聞く人もいた。派手な外見から、

「陰では何をしているかわからない女」

と噂をたてられたこともある。しかしエミコは全く気にしなかった。毎日、

「仕事をして、夕方五時までいればいい」

とそれだけを考えて勤めていたのである。

エミコがいちばん楽しいのが、居酒屋でのアルバイトだった。週に二日は行くことになっているが、店から連絡があれば、会社が終わったあと店に直行した。店主からは、

「あんたは本当にこういう仕事に向いているから、昼の仕事はやめたら」

といわれたこともある。しかしそのたびに、

「エリカが高校を卒業するまでは」

といっていた。エミコ目当てに来る客も多かった。しかしそのほとんどが妻帯者で、エミコのターゲットとは違っていた。酒に酔った勢いで、いろいろとあったこともある。そ

れで加速度がついた相手は、エミコにいろいろな捧《ささ》げ物を持ってきた。イヤリング、ネックレス、時計など、身につける物が多かった。寝てしまった相手が店でバッティングすることもあるので、エミコはもらったアクセサリーをみなつけていた。店では上っ張りを着て、じゃらじゃらとアクセサリーをつける妙な格好になった。しかし自分が贈ったイヤリングをしているのを見て、おやじたちは満足した。他の男からもらった物も一緒につけているのを知らずに、無邪気に喜んでいたのである。

なかには土地の権利書を持ってくるおやじもいた。

「あいつらは、あんな安いアクセサリーで気をひこうとしているが、おれは違うぞ」

といった。一瞬、エリカの顔が頭に浮かんだが、

「そんなもんもらっても、どうしようもないから、ふだん、身につけられるものをちょうだい」

とねだった。彼は婚約指輪のようなデザインのダイヤモンドの指輪を持ってきた。いちばん加速度がついているおやじであった。これをもらったら、大変なことになると思った彼女は、

「これはもらえない。いっとくけど、私はあなたと結婚するつもりはないわよ」

と冷たくつっぱねた。そのおやじはしつこくねばっていたが、最後はあきらめた。しばらくしてその指輪は、居酒屋のパートの同僚の、かわいいおたふくさんみたいなおばさんの太い指に、むりやりはめられていた。

そのときはちょっとむっとしたが、エミコはおやじと寝ても、決して結婚や愛人となることを望まなかった。彼女には固い決意があった。

「とにかく年下の男と結婚する」

これがエミコの人生のテーマであった。別れた夫と同じような、女好きする男性が好みだ。

「どこかにジャニーズ系の若いのがいないかしら」

昼間の職場では、そういうタイプに絶対に会えない彼女は、居酒屋で客のチェックを怠らなかった。

店にこれと思った若い客がくると、エミコは愛想をふりまいた。しかし彼女はもともと愛嬌《あいきょう》があるタイプなので、若い男性からも、おばさんに色目を使われたと思われることもなく、友だちみたいな感じでつき合うことができた。店にやってくるのはほとんど常連なので、だんだん親しくなっていく。そこでエミコは、必殺技のおまけ攻撃をしかける。鶏の唐揚げの量を多くしたり、ビールを一本あるいはおすすめの小鉢を一品サービスしたりした。本来ならば、パートの立場でそんなことはできないのだが、オーナーは、

「また、はじまった。今度はうまくやりなさいよ」

と苦笑いをして見逃してくれていた。

「まかしといて」

と胸を叩《たた》きながらも、エミコの熱意はほとんど空振りに終わっていたのである。

エミコがチェックするのは、トラックの運転手や、宅配便の若い男性だった。近くに配送所が多いので、運転手が仕事を終えてやってくる。そういう場合、先輩が後輩を連れてくるので、新入りはだいたいチェックできた。彼女は顔立ちの整ったしっかりした体型の男性が好みであった。

「かっこいい子がお店に来たのよ」

店から帰ってエミコがいうたびに、エリカは、

「また、はじまった」

と煙草を吸いながらつぶやいた。

「あんたもオーナーと同じことをいうのね」

エミコは顔をしかめた。

「だって、この間もその前もそういってたじゃん」

「この間のは……、仕方なかったのよ。彼女がいたんだもん」

「それを横取りするくらいじゃなきゃ。そんなことをいってたら、ものになんかできないよ」

「だって、あの子が二十三で、彼女は十七だっていうのよ。あんたとかわらないじゃない。いくらあたしだって、十七には負けるわ」

「ふだんいってるくせに。『あたしには成熟した女の魅力がある』って」

エリカがどんどん突っこんでいくと、エミコは不機嫌になり、

「あんた、そんなに煙草を吸うんじゃないよ。未成年でしょ」

と怒った。

「ふん」

エリカはぷーっとエミコの顔に煙を吹きかけた。

「いやね、まったく」

エミコはぱたぱたと手で煙を払った。

「煙草も少し控えなさいよ。ヤニ臭い女の子なんてもてないよ」

「ふーんだ」

エリカは立て膝《ひざ》をして、知らんぷりをした。

「あーあ、なんか小腹すいちゃったな」

そういいながら立とうとしたエミコに、

「これから彼氏をつかまえようとしてるのに、そんなことをしてたら太るよ」

とエリカがいうと、彼女ははっとして座りなおした。

「そうね、そうね、そうだわね」

彼女は風呂に入った。そして上がるなり、顔面にぱたぱたと化粧水をはたきつけ、白いパック剤をぺったりと塗り、お化けのような顔でぼーっと座っていた。

エリカはこれまでに、三人の男性と会わされた。どの男性も二十代半ばから三十歳までの人だった。母はそのたびに、

「ハンサムなのよ、かっこいいのよ」

といっていたが、エリカの好みとは違っていた。エリカはジャニーズ系よりも、高倉健のほうがずっとかっこいいと思っていたからだ。しかしエミコは、

「やだ、おじさんじゃない」

という。そういわれるとエリカは、

「なにさ、ガキ好み」

といい返してやった。

どの人も性格は悪くなかったが、どういうつもりで自分の母親とつき合っているのか、その気持ちをエリカは量りかねていた。どう考えたって、高校生の娘がいる中年のおばさんと、若い男性が結婚するわけがない。なかには、エリカが顔を出すと、

「妹さんですか」

と聞いた人もいた。エリカが、

「はい」

と答えようとすると、いわなくてもいいのに、エミコは、

「娘なのよ」

といった。そのとたん、彼の顔色は変わり、急にそわそわしはじめて、お茶を飲むのもそこそこに帰ってしまったこともあった。

「どうしてだまってたんだよ。びっくりするに決まってるじゃないか」

エリカが説教すると、エミコは、

「だって、いいそびれちゃったんだもん」

としょげていた。もちろん彼とはそれっきりになった。

「いいの。私のすべてを理解してくれる人と結婚するわ」

母は全く懲りていないようだった。

「早め早めに手をうっておかないとね、いいのはすぐ、若い子に横取りされるから」

エミコは張り切っていた。どこでみつけてくるのか、エリカが着るような服を買ってくる。シャツやタンクトップの上に重ね着する、透けたブラウスだ。

「どうこれ、ねえねえ」

そういいながら彼女は目の前でぱっぱと着替え、ポーズをとってみせる。

「うーん」

薄いブラウスから、たぷたぷになった二の腕と、下着でしめつけられて段になった贅肉《ぜいにく》が透けて見えている。

「流行《はや》りだけどさ、やめたほうがいいと思うよ」

「どうして。悪くないわよ」

「だってお肉が余ってるもん。隠しておかなきゃだめだよ」

「あら、そうなの！」

はじめて気がついたかのようにあせっている母の姿を見て、エリカはため息をついた。

「その腕、その腹。若い男が逃げるに決まってるじゃん。なるべく長くつなぎとめておくためには、最後の最後までそういうものは見せちゃだめ！」

　エリカの言葉にエミコは、

「そうか。先に見せてたから、すぐ逃げられちゃったのか」

　と真顔でうなずいていた。

　母は今度は真剣なようだった。居酒屋から帰ってくると、エミコは宿題をやっているエリカの隣に座り、お運びをするときに話をしたかったのに、横に座っていた、彼の先輩のもーさんに邪魔されてだめだったとか、ここのところ、彼は姿を見せないとか、愚痴ばかりこぼした。エリカは宿題をやるふりをしながら、うわの空で聞いていた。

「ほら、煙草が灰皿から落ちるってば」

　エミコは灰皿の上で煙をたてている煙草を揉《も》み消した。

「店には他にいい男は来ないの」

「うーん、いないいな」

「じゃあ、あとがないんだから、体当たりするしかないじゃん」

　エミコはうーんとうなりながら、部屋を出ていった。

　翌日、彼女は男物のポロシャツとサマーセーターをエリカに見せた。

「これをね、彼にあげようと思って。年は二十六歳で背が高くてやせてみえるんだけど、実は筋肉がちゃんとついていて、ハンサムなのよお。似合うかしらん」

「わかんないよ。会ったことないもん」

しばらくエミコは膝の上にセーターをのせて眺めていたが、

「大丈夫、大丈夫」

と大声を出した。

「似合う。絶対に似合うから。ねっ」

「ねっ」といわれたエリカは、反射的に、

「ああ」

とうなずいていた。

エミコは、

「あまりきちんと箱に入れたりすると、むこうが気にするから」

と押入から、取っておいたきれいな包装紙を持ってきて、包み直した。

「それ、おせんべいとあられをもらったときのやつじゃないの」

「いいのよ。男の人はそんなこと、いちいち気にしないわよ。はい、これでよし」

エミコは満足そうにポロシャツとセーターが入った包みを眺めた。

「いつ渡すの？」

「お店じゃ渡せないから、家に呼ぼうかなって思って」

家に来るのがＯＫだったら、結婚はともかく、ほとんど交際ＯＫということではないか。

「ま、うまくやって」

エリカはそれだけいって、部屋に引っ込んだ。

ある夜、この間と同じように、大騒動で母は帰ってきた。ドアを開けると、若い男性と一緒だ。

「前に話したことがあるでしょ。配送所の、ね、新しく入った……」

エミコはうきうきしている。彼のほうはドアから体を半分だけ見せて、どうしたものかと悩んでいるようだった。

「アキラくん、上がって、上がって」

母が声をかけても迷っている様子だ。

「どうぞ」

エリカがスリッパを揃《そろ》えて置くと、

「じゃあ、ちょっとだけ」

と彼は部屋に入ってきた。

いかにも母好みの男性であった。色は浅黒く、目がぱっちりとしていて、髪の毛は短くて茶髪だった。今まで会わされたなかでは、彼がいちばんグレードが高い。客観的に考えて、この人が母とというのは、現実には考えられないことだった。

「アキラくん、楽にしてね、楽に」

楽にしてねというところが年なんだなあと思いながら、エリカは座布団を彼にすすめた。

「すいません」

彼はぺこりとお辞儀をして座ったが、体を縮こまらせているように見えた。

母はビールをもってきた。

「すぐ失礼しますから」

「遠慮しなくていいのよ」

「いや、そういうわけじゃなくて」

「じゃ、お茶にしようね」

母は台所に消えた。

エリカはこのすきに、彼の調査をした。姉と妹はすでに結婚。両親は健在である。

「彼女は、やっぱりいますよね」

エリカが冗談めかしていうと、彼は、

「今はいない。別れたばかりで」

という。この件に関しては、母にとって大チャンスであった。

「はい、どうぞ」

そういって茶碗《ちゃわん》を置いた母は、とってもうれしそうな顔をして、ちんまりと座っている。お酒も少し飲んでいるのだろうが、ほっぺたが丸く赤くなっていて、妙に初々しかった。

「アキラくんにプレゼントがあるのよ」

エミコはいそいそと紙包みをもってきた。怪訝《けげん》な顔をしている彼に、

「気に入るかどうかわからないけど」

といって差し出した。

「おれにですか」

彼は包みを開き、

「こういうの欲しかったんです。ありがとうございます」

といって頭を下げた。性格もいいようだ。

「んまあ、よかった、よかったわあ」

母の両膝《りょうひざ》がぐっと彼に近付いた。

（がんばれ）

エリカは腹の中でつぶやいた。お世辞ではなく、彼はうれしそうだ。

「ねえねえ、ちょっと着てごらんなさいよ」

彼を鏡の前に立たせて、母は着ているTシャツを脱がそうとした。

「ああ、はい」

彼は素直にTシャツを脱いだ。

（こ、これは大胆だ、ぞ）

エリカはあせった。彼は特別、気にするふうでもなく、上半身が裸のまま、すっくと立っている。

「まあ、きれいな体をしてるのねえ」

心なしか、母の目がぎらぎらしているようにも見える。

（そ、そんなこというなあっ）

エリカはその場にいたたまれなくなり、部屋から財布を持ってきて、外に出ようとした。

「どこへ行くの」

「コンビニ」

「どうして」

「ノートがなくなっちゃったの。あしたノートの提出日だったのを忘れてた」

「やあねえ。気をつけていってくるのよん」

母の話し方が、妙に色っぽい。エリカは外に出て、コンビニに向かって歩きながら、何時くらいに帰ればいいかを、必死に考えていた。

毒の舌

学校から帰ると、居間から姉が怒っている声が聞こえた。相手をしている母の、

「うん、うん、それはわかるけど」

という声は小さい。

「またか」

私はあきれて自分の部屋に入っていった。

姉夫婦はここ三年、別れる、別れないでもめている。子供はいない。姉は二十五歳で近所の大手スーパーでパートタイマーをしている。四年前のあの華々しい結婚式は何だったのかというくらい、今では夫に対して罵詈《ばり》雑言を吐いているのである。義理の兄になる男性が家に来たとき、私は心から、

「人間って、自分にないものを求めるんだなあ」

と思った。姉はわがままで、自分のいい分が通らないと、ヒステリックにわめき散らすタイプであった。顔立ちはきりっとした美人タイプで、男性関係も派手だった。私はボーイフレンドに、

「お姉ちゃんのところ、離婚するとかしないとか、もめてるの。お姉ちゃん、性格がきついからさあ」

といったことがある。すると姉を知っている彼は、

「でもきついからって、うまくいかないわけでもないぞ」

という。

「どうして」

「お姉さん、美人じゃないか。ああいう美人に怒られるのが好きだっていう男っているんだよ。おれもちょっと思ったりすることがある」

などといった。

「えーっ」

男性は優しい女性ばかりを求めているわけではないらしい。

「だってさ、女王様好きの男だって、いるんだぞ。鞭《むち》で打たれたって、うれしがってるんだぞ。いろんなタイプを好きな男がいるのさ」

「でもそれって、普通の結婚生活じゃなくて、プレイじゃないの」

「まあ、そりゃあそうだけど。今はもめていても、うまくいくんじゃないの。うちの親だって、おれが小さいころから喧嘩《けんか》ばっかりしてたけど、別れないもんな」

姉の気の強さは今にはじまったわけではないし、義兄もそれは十分にわかっていたはずだ。あの無口で優しく、のそーっとした熊さんみたいな義兄に対して、どんな不満があるのかわからないが、姉はこのところひんぱんに、家にやってくるようになったのである。

ちょっと調査をしてみようかと、着替えて居間に顔を出した。

「ただいま」

「あら、お帰り」

母と姉が驚いたように私の顔を見た。

「いつ帰ったの」

「さっき。十分くらい前かな。お姉ちゃんが怒鳴りまくっていたから、聞こえなかったんでしょ」

「大きな声だったでしょ。お母さん、恥ずかしいわ」

「怒鳴りまくってなんかいないわよ」

姉はぷいっと横を向いた。

「今日、パートは？」

「休んだ」

「休んだって、勝手に？」

「そうよ。勝手に休めるのがパートの特権だもの。行きたくなかったから、休んじゃった」

母と私は顔を見合わせた。

「いくらパートっていったって、仕事は仕事よ。そんなことをしたら、お店に迷惑がかかるじゃないの」

「平気、平気。一人くらい休んだって、どうってことないわよ。かわりに係長か課長がレジを打てばいいんだから」

姉は両手を上げて伸びをしたあと、大あくびをした。

「高校生のメグミだってそんな無責任なことはしないわよ。いい年をして恥ずかしいと思いなさい。すべてはあなたのわがままからきてるのよ。マサトシさんとのことだって……」

「あの人のことは違うの。私の性格とは関係ないわ」

「ありますよ」

母がたしなめると、またぷいっと横を向いた。

「今度は何なのよ。御飯を作ってくれなかったの？　車で送ってくれなかったの？　お義《に》兄《い》さんの実家に行かなきゃならなくなったの？」

私はそういってからかった。これはこれまで姉が、義兄が許せないと怒りまくり、身の回りの物を持って、家に帰ってきたときの理由であった。

「違うわよ！」

姉はヒステリックに叫んで、私をにらみつけた。たしかに美人の目はつり上がっている。

（なるほど、こういうのをいいと思う男もいるのか）

じっと姉の顔を見つめてしまった。

「何をじっと見てるのよ。気持ちが悪いわね」

姉はふんっと鼻から息を吐き、体を揺すってつーんと斜め上を見た。

「いい加減にしてちょうだいよ。マサトシさんはいい人じゃないの。あなたみたいなわがままな子と一緒に暮らしてくれてるんじゃないの。感謝しなくちゃ……」

「違う！」

　種火になっていた姉の怒りが、また燃え上がった。

「あの人は、私がそばにいないとだめなの。人とちゃんと話もできないんだから。上の階の子供の声がうるさいから、それを注意するっていう、簡単なことすらできないの。入り口で会ったって、愛想よく『こんにちは』なんていったりして。私がいくら横腹をつついたって、ただにこにこしているだけ。ばかみたい。何を考えているんだか」

「マンション住まいなんだから、お互いさまでしょう」

「うちはうるさくなんかないもん。本当に子供の足音と声ってうるさいのよ」

「今はそうかもしれないけど、あなたのところだって、子供ができたら……」

「子供なんか生まないもん。いらない。お金はかかるしうるさいし。育て上げたと思ったら、人を殺したりするし。あーやだ、子供なんて。孫の顔が見たいんだったら、メグミのほうに期待してちょうだい」

　姉は周囲を圧倒するパワーでしゃべりまくった。

「どうしてこんな子になってしまったんだか」

　母はがっくりと肩を落とした。姉は相変わらず、つーんと斜め上を向いたままである。

今までだと、母が早く家に帰れというのに、姉はごねて居間でふて寝。晩御飯を作るのも手伝わず、出来上がったのを察して、タイミングよく食卓に姿を現す。そして山のように御飯を食べたあとは、テレビを見ながらごろ寝。そこへうろたえた義兄から、

「そちらに行ってませんか」

という心細そうな電話がかかってきて、小一時間たって迎えに来るというのが、パターンであった。

母は、

「早く帰りなさい」

といわず、無言で居間を出ていった。様子をうかがっていると、台所で晩御飯の準備をはじめたらしい。

「あーあ」

姉は大の字になって居間の畳の上に寝転がった。

「ここは静かでいいわねえ。もうあんなところに住むのが、嫌になっちゃった」

「結婚するときにお姉ちゃんが、『マンションを買って』っていったから、お義兄さんが買ってくれたんじゃない。二十代でマンションを持っている人なんて、そういないよ」

「ふん、あんな安普請のマンションなら、持ってないほうがましだったわよ」

「またそんなことをいう。二人で決めたくせに」

「私はね、決めてた物件があったの。でもあの人が『どうしても買えない』って、泣きそうになったから、仕方なくあそこにしたのよ。もうちょっと稼ぎがよければ、今になって

もめることにはならなかったのよ。たかだか二千万をけちったから、こんなことになったんだわ」

勝手に休むとはいえパートの給料を、自分のために使ってしまう姉がよくそんなことがいえると、私はあきれた。五千万円のマンションを、妻のパート収入もあてにせずに買った義兄は、十分立派だと思ったが、姉はそうは感じていないようだった。

「一度、来てごらんなさいよ。うるさくてうるさくて、部屋にいると頭ががんがんするんだから。子供はばたばた走って、きゃあきゃあ叫ぶし、奥さんはドアを大きな音をたてて閉めるし。子供とプロレスごっこをしているみたいで、晩御飯を食べているときに、どすんどすんって部屋が揺れるんじゃないかと思うくらいなのよ」

姉は体を起こし、顔をしかめた。

「ふーん。音がうるさいのは上の階の人だけなの」

「そう。隣は老夫婦が住んでるから静かよ。生きてるのか死んでるのかもわからない」

「……」

「一発、がーんとかましてやれば、おとなしくなると思うんだけど。本当にあの人って意気地がないんだから」

「お姉ちゃんがいえばいいじゃない。日中、家にいるのはお姉ちゃんなんだからさ。お義兄さんは会社に行ってていないんだから、実感がないんだよ」

「そういうときは夫が出ていくものなの。だってもし私が文句をいって、昼間、上の奥さんと顔を合わせたら気まずいじゃない。あの人は昼間はいないからいいの」

　勝手な理屈を姉は並べた。

「あーあ、晩御飯何かなあ。このところろくなものしか食べてないから」

　姉は台所の様子をうかがっているのか、鼻をひくひくさせた。

「ろくなものしか食べてない？」

「そうなのよ。あの人の料理って、ワンパターンなの。全部。おとといはウインナソーセージが入った野菜いためでしょ。昨日は焼きそばを薄焼き卵で包んだオムソバだって。私は子供じゃないっていうのよ」

「お義兄さんが作ってるんだ」

「そうよ」

　姉はこともなげにいった。

「じゃあ、昼間は何をしてるの」

「パートも飽きちゃってさ。週に一度のエステと、それとデパートに行ったり、映画を見たり。ま、そんなとこかな」

「洗濯や掃除はどうしてるわけ」

「洗濯はね、とっても天気がいい気分のいい日はやるけど、あとはやらない。梅雨どきなんて、本当に鬱陶《うっとう》しくて洗濯なんかする気になれないわ。掃除はあの人が休みの日にまとめてやってる」

「じゃあ、家事なんてしてないじゃない」

こんなことが両親に知れたら、とんでもないことになると、私は胸がどきどきした。

「家事っていうけどね。家事は女の仕事じゃないのよ。若い女の子がそんなことといってどうするの。性別を問わず、向いているほうがすればいいの」

姉はうなずきながらいった。

「お義兄さん、大変だね」

私は小声でつぶやいた。

「大変？」

姉は首をかしげた。

「そうだよ。朝から晩まで会社に勤めて、帰りに買い出しをして料理を作って、休みの日には掃除洗濯をして、そしてローンも払ってるんだよ。おかしいと思わないの」

しばらく姉は黙っていた。そして静かに口を開いた。

「思わない」

「へっ？」

私はびっくりして姉の顔を見つめてしまった。きりっとした横顔がしっかりと前を見つめている。

「あの人にはそれがふさわしいのよ。私があの人のために、料理を作って待っていたり、喜んで洗濯するなんて、似合わないわ。あの人は私のために働くのが似合ってるのよ」

「だって最初は家事だってやってたでしょ」

「ふた月くらいはやったけど。面倒くさいし、何だか汚ならしくなるからやめたわ。私、汚れ仕事って似合わないのよ」

「はあ、そうですか」

思わず私は敬語で話してしまった。そういえば姉は結婚して家を出るまで、下着まで母に洗わせていたことを思い出した。

「お義兄さん、かわいそう」

「かわいそう？　かわいそうなのは私のほうよ。あんな安物マンションでごまかされて。馬鹿な男に騙《だま》された被害者なのよ」

姉は眉《まゆ》を逆立て、黒目がちな大きな目を見開いて、私をにらみつけた。

「御飯よ」

母は無表情で顔を出し、ちょっと姉のほうをにらんで姿を消した。

「よしよし」

姉はそうつぶやきながらさっさと立ち上がり、私をおいて台所に走っていった。

「わあ、おいしそう。いただきまーす」

私が食卓につくころには、姉はすでにおかずをむさぼっていた。

「何を考えているんだか」

母の表情はすぐれない。

「食べないの」

口をもぐもぐさせながらたずねる姉に、母は、

「お父さんがまだだから。あなたたちは先に食べたいでしょ」

と小声でいった。

「ふん」

姉は餃子《ギョーザ》をほおばりながら、

「どうせまた、会社の帰りに飲んでるんでしょ。放っときゃいいのよ」

という。

「そういうもんじゃないのよ」

母がたしなめても、姉は全く理解していないようだった。

それから母が、ぽつりぽつりと、夫婦とは何ぞやということを話しはじめると、姉はリモコンを手にテレビをつけ、御飯を食べながら画面に見入って母を無視した。あきらめて母も口をつぐんだ。私は、

(何て傲慢《ごうまん》な奴《やつ》)

と苦々しい思いで御飯を食べていた。

「マサトシさんから、電話がかかってこないねえ」

母は電話のほうを見ながら悲しそうにつぶやいた。当の姉はといえば、御飯を食べ終わり、目ざとく甘夏みかんを見つけて、さっさと一人で食べはじめていた。

父が帰ってきた。姉がのんきに甘夏みかんを食べているのを見て、

「またか」

と怒った。姉は「おかえりなさい」ともいわず、知らんぷりをしている。

「こんな奴、もう家に入れるな」

虫のいどころが悪かったのか、父は母に怒った。

「ええっ……」

母はうろたえている。

「毎度、毎度、わがままばかりいって。嫁に行ったんだから、そんなに何度も実家の敷居をまたぐんじゃない。お前の家はもうここじゃないんだぞ」

父が叱《しか》ると、姉は、

「そんなこといって。娘が遊びに来るとうれしいくせに」

とにやにや笑った。

「ふざけるな。こう何度も顔を見せつけられたらうんざりする」

姉は不機嫌になって、ぷいっと居間に戻っていってしまった。

「マサトシくんから連絡はないのか」

両親ともマサトシくんが頼りなのである。

「ええ、まだ」

「彼も呆《あき》れ果ててるんじゃないか。子供もいないことだし、いっそ別れさせたほうが」

「そんな。お父さんは短気だから困ります」

「困るっていったって、こんなことをこれから続けられたら、こっちこそ困る。結婚するときにはああだこうだと先方に迷惑をかけて、そのあげくにこれじゃあ、向こうのお宅にもメンツが立たない」

「それはそうですけど」

「なんであんな娘になったんだ。お母さんのしつけに問題があったんじゃないのか」

「私のせいなんですか」

「いや、そうばっかりとはいわないが。あれはひどすぎる」

「……」

こんなところで、姉夫婦の実体を話したら、両親は卒倒してしまうだろう。姉の様子を見に、私が居間に行ってみると、姉はごろりと横になりながら、甘夏みかんを食べていた。

「帰ったほうがいいよ」

立ったまま姉を見下ろして私はいった。

「えーっ、どうして」

姉は甘夏みかんに目を落としたまま、面倒くさそうにいった。

「まずいって。そしてもう、家に来ちゃだめだよ」

「どうして。だってここ、私が育った家だもん」

「お父さん、離婚させたほうがいいんじゃないかっていってたわよ」

そういったとたん、姉はぱっと顔を上げ、

「本当？」

と目を輝かせた。

「え、ああ、うん」

「それだったら、さっさと話を進めたほうがいいかしら。こういうことはもたもたしてると、取る物も取れなくなったりするから」

「取る物って？」

「慰謝料に決まってるじゃないの。ばかじゃないの、あんた」

私はびっくりした。あれだけの仕打ちをして、その上、慰謝料まで取るつもりでいる。義兄が欲しいというのならわかるが、姉がもらうつもりでいるとは。

「そうか、そうか、それなら話は早いかも」

姉は小躍りしながら、居間を出ていこうとしたところへ、やってきた母と鉢合わせをした。相変わらず表情が暗い。

「マサトシさんが、これから来るって」

「えーっ、来るの？」

姉は露骨に嫌な顔をした。

「『来るの』とは何といういいぐさだ！」

母の後ろから、どすどすと足音をたてて父がやってきた。

「わがままもいい加減にしろ。別れるならさっさと別れてしまえ。いつまでも同じことばかりを繰り返して迷惑だ」

「じゃあ、話はお父さんのほうでつけて。私はこのまま家にいる」

「？」

「慰謝料のこととか、全部、お父さんがやってくれるんでしょ。あたりまえよね、親なんだから。たくさーんもらえるようにうまくやって」

父は最初、ぽかんとしていたが、しだいに握ったこぶしがわなわなと震えはじめ、

「ばかやろー！」

とものすごい声で怒鳴った。そしてそのあと、

「かあーっ！」

と言葉にならない声を発しながら、履いていたスリッパを脱いで、姉に投げつけた。

「何するのよ」

姉は父が投げたスリッパをつかんで、投げ返した。

「あ、あややや」

うろたえる母の前で、二人は肩をいからせてにらみ合った。

「で、出て行け」

父は怒鳴った。

「ふん」

姉は完全に無視である。

「一人で生きていけると思うな。お前が今こうしていられるのも、マサトシくんのおかげだろうが」

姉は薄笑いを浮かべた。

(こんな女、いや)

私は腹の中でつぶやいた。

「文句があるんだったら、一人で暮らしてみろ。そうすれば親やマサトシくんの苦労もわかるだろう」

姉は腕組みしながら、そっぽを向いた。

ドアのチャイムが鳴った。母がドアノブにとびついた。

「こんばんは」

義兄の静かな声が聞こえた。

「まあ、まあ、いつものことでねえ」

母の言葉に何をいっていいのかわからなかったのか、義兄はまた、

「こんばんは」

といって頭を下げた。

「あんた、のこのこと何しに来たの」

ヒステリックな姉の言葉に、父は、

「マサトシくん、どうしようもないよ。こいつは」

といい、食卓のほうに行ってしまった。

「とりあえず、こっちへ」

母は義兄を居間ではなく、父がいる所へ連れていった。

姉は義兄とは目を合わさずに居間に戻り、残っている甘夏をまた食べはじめた。

「どうするのさ」

「もう飽きたから、帰らない」

「飽きたって……」

「だって、毎日つまんないんだもん。みんなあいつのせいだわ」

「お義兄《にい》さん、いい人じゃない」

思っていることを私はいった。

「あらそう。それじゃあげるわよ」

姉はそういってにやっと笑った。

「えっ」

「あなたに譲ってあげる。そういえば気が合うかもね。二人ともとろいところがあるから」

私は不愉快になり、居間を出て両親と義兄が話し合っている食卓に行った。義兄が頭を下げるのを見て、両親もあわてて頭を下げ、双方でぺこぺこしていた。

「でも、やはり、こちらにはお世話になるわけにはいかないので……」

義兄はぼそりぼそりと話している。そんな彼を見て、父は、

「きみの気持ちにかかっているんだが。正直いって、もううんざりしてるんだ。いっそのことけりをつけては」

などといい出し、母はますますおろおろした。

「はあ……」

義兄ははっきり自分の考えをいおうとしなかった。こういうところが姉のカンに障るのだろうが、だからこそ、これまであのような姉と一緒に暮らしてきているともいえるのだ。

「とりあえず、一緒に帰ります」

彼は連れて帰るとはいわなかった。

「本当にいいのか」

父が念を押した。

「うーん」

ここで考えてしまうところが、義兄らしいといえば、義兄らしかった。

「いいのか！」

父がもう一度、念を押した。その声にびっくりしたように、義兄は、

「はい」

とうなずいた。

「呼んできなさい」

父にいわれて私は姉のところに戻った。姉はふてくされているらしく、こちらに尻《しり》を向けて横になっている。

「お父さんが来いって。ねえってば」

反応はない。

「来いといったら、来ないか！」

どすどすと父がやってきた。それでも姉の態度は変わらない。義兄は父の背後で、当惑した顔でぼーっと立ちつくしている。

「早く！」

父にせかされた姉は、大の字になり、

「やだあ、やだあ」

といいながら、手足をばたばたさせた。

「やだやだやだやだ。あんなところに帰るのは、いやだあ」

両親はあっけにとられて、何もいわなくなってしまった。

「いい加減にしないか！」

義兄が低い声でいった。一同、びっくりして彼の顔をみた。彼は大の字になっている姉の腕をぐいっと持ち上げ、

「帰ろう」

と立たせようとした。ちょっとびっくりしているようにみえた姉は、また、

「やだあ、やだあ」

といいながら暴れた。しかし体の大きな義兄にはそれは通用せず、姉は居間からずるずるとひきずり出された。

「やめてよ、何するのよ。あんたなんか何もできないくせに。ふざけんじゃないわよ」

姉はパンツが見えるのもかまわず、義兄に必死にキックをくらわせていた。両親は顔をそむけている。

いくら姉に罵倒《ばとう》されても、キックされても義兄は無言だった。廊下にはいつくばった姉は、

「この役立たず。意気地なし」

とこれでもかと彼を罵《のの》った。それを聞いた父は義兄を見ながら、無言で力一杯殴りつける真似をした。

義兄は目を丸くした。それでも父は何度もうなずきながら、殴りつける真似を繰り返した。義兄は右手を上げた。とうとうやるかと思いながら、両親と私は息をのんで成り行きを見ていた。ところが義兄は、右手を上げたはいいが、上げた右手で頭を掻《か》いたのである。

「はあーっ」

父は情けない声を出して、その場にへたりこみそうになった。

「何よ、女を暴力で屈服させようなんて、あんたって卑劣な人間よ……」

廊下での姉のマシンガンのような罵倒は延々と続いた。私たちは口には出さないながらも、

（こりゃだめだ）

と姉には誰も勝てないと、意見の一致をみたのであった。

光る石

日曜日だというのに、ジュンコの夫は会社に行くといって出ていった。このごろしょっちゅう、日曜日に出勤している。

「そんなに忙しいの」

と聞くと、

「やっぱり不景気だからなあ。日曜日に稼がないと」

というのだ。

ちょうどバブルがはじまる前、彼は学生時代の友人と、会社を共同経営しはじめた。まだ二十代の後半であったが、ジュンコと出会ったころは、ばりばりの経営者といった感じであった。ジュンコの周囲にいたのは、普通のサラリーマンの男性ばかりで、給料日直後は、

「わあっ」

と大騒ぎをして顔色も明るいが、二十日過ぎになると、みな一様に顔色が暗くなって、声も小さくなり、せこくなっていった。煙草も買えないといって、灰皿の中からまだ吸えそうな吸い殻を拾って、吸う奴《やつ》までいた。なかには給料日間近になると、風俗には行きたいがお金がないので、社内の女性社員に片っ端から声をかけ、ただで済ませようとしてい

るという噂《うわさ》の男性社員までいた。バブルでジュンコの会社でも、景気はよかったが、上層部で搾取されているらしく、それほど社員には影響はなかった。同僚の男性社員のドケチぶりに、ジュンコは失神しそうになり、

「絶対に、こんな奴らとは結婚したくない」

と心に決めていた。そこへ姿を現したのが夫であった。

ひと目で見ていい仕立てとわかるスーツ。持っている物も高級品だった。みだしなみもきちんとしている。夫は宝飾関係の仕事をしていた。ジュンコが勤めていた会社が、小箱やケース関係の仕事をしていたので、それで彼がやってきたのである。他にも宝飾関係の男性はやってきたが、なんだか胡散臭《うさん》そうな人が多く、特にバブルになってからはそうなった。社内には、

「あーあ」

と大あくびをしながら、せり出た腹をぼりぼりと掻《か》いたりする、彼と同年輩の男性社員がいる。そんな彼らと大違いのすっきりとしたタイプであった。ジュンコはひと目惚《ぼ》れした。夫が来ると、「はきだめに鶴」といったような状態だったから、ライバルも多かった。彼がやってくると、ふだんはお茶をいれたこともない女性社員が、我先にとコーヒーメーカーを奪い合い、給湯室で何度も、勝ち抜きじゃんけんが繰り広げられたこともあった。なかでもいちばん熱心だったのが、堅太りのミユキさんという先輩だった。身長はそれほどでもないが、学生時代、砲丸投げをやっていたので、がっちりした筋肉質の体型をして

いた。男性社員に、

「砲丸投げをやってたっていうけど、投げるほうじゃなくて、球だったんでしょ」

などとからかわれたりしていたが、

「だっはっはっは」

と大口を開けて、笑い飛ばしていた。悪い人ではなかったが、直情型で傍目《はため》を気にしない。彼がやってくると仕事はそっちのけで、

「お茶をどうぞ。暑くないですか」

とそばにへばりついて世話をやこうとした。あまりにそれが露骨だったため、女性社員のなかでトラブルが起こり、

「シノダさんが営業にやってきたときの、ミユキさんの態度について」

というテーマで、ミユキさん不在のまま更衣室で論議がなされたこともあった。ジュンコはミユキさんの態度を見て、胸がどきどきしたが、

「彼は彼女のことは選ばない」

と確信を持っていた。自分と彼が結婚するとは思っていなかったが、とにかく彼とミユキさんは結びつかなかった。ライバルのなかでいちばんあぶないなと思ったのは、ジュンコよりふたつ年下のヒロタさんという女性であった。化粧っ気がないのに、妙に色っぽい。彼女に思いをよせている男性社員はたくさんいたが、ことごとく無視しているのがわかった。あまり周囲とうちとけることがなく、何を考えているかがわからないところが、ジュ

ンコには不気味だった。情念の女という感じがしていた。

しかし彼が選んだのはジュンコだった。とてもうれしかったのは事実だが、彼女としては、

「どうして私を……」

という驚きのほうが大きかった。給湯室の勝ち抜きじゃんけんに参加したことはあるから、彼のことを気に入っているということは女性社員は知っているが、彼はそんなことは知らなかったはずだ。第一、じゃんけんが弱かったので、お茶をいれたことは一度もない。でも彼から食事に誘われ、あっという間に結婚した。彼はポルシェを乗り回し、有名なレストランに連れていってくれ、ブランド物のバッグを買ってくれた。それだけで頭がぽーっとした。

「こんなに幸せでいいかしら」

とくらくらしながら結婚してしまったのである。

彼が友人と会社を共同経営していることを知ったのは、つき合いはじめてからだった。宝飾が専門かと思ったら、ホームサウナや山林や運動器具まで売っていたこともあるといっていた。

「一緒にやっている奴が、『今、これがいけそうだ』っていうと、すぐそれにとびつくんだよ。そしてそろそろ手を引いたほうがいいかなと思うと、パッと手を引く。そういうときの動物的なカンがすごいんだ」

と感心したようにいっていた。ジュンコは彼といるといい思いができるし、きれいな物や高価な物を買ってもらえるので、ただ、

「ふんふん」

と話を聞いていた。

「でもおれはいちばん、宝飾が好きだな。見ていてきれいだし、勉強をすればするほど奥が深い。この石は世界にひとつしかないんだなと思うと、飽きることがない」

彼は目を輝かせた。彼から何千万円もの定価がつけられた指輪やネックレスを見せてもらったこともある。半年間にこの程度の品物が、三本売れたと自慢していた。

「私もこういうのが欲しいな」

ジュンコがつぶやいたら、

「ま、いずれな」

といわれて、天にも昇る気持ちになった。

彼から婚約のときにもらったダイヤの指輪も、友だちがびっくりするような大きさだった。もちろん彼女もびっくりし、偽物ではないかと思ったくらいだ。そのころがジュンコの幸せのピークだった。

彼の共同経営者と会ったのは、結婚式の前だった。友人代表として祝辞を述べてくれるというので、挨拶《あいさつ》をしにいったのである。大学のときの友人だといっていたが、同じクラスではあったものの、実はそれほど親しくはなかったようだ。それが卒業して何年かたっ

てから、向こうから電話がかかってきて、どういうわけか彼を誘ったらしいのである。

ジュンコは共同経営者の男を見て、とても不安になった。口には出せなかったけど、

(何て胡散臭い人なのかしら)

と思った。色白でひょろりと背が高い。長髪を後ろでひとつに縛っている。人の目を見て話さず、笑うときには薄い口びるがゆがんだ。とても男性の手とは思えない、白い細い指が妙に気持ち悪かった。

「ジュンコさんは幸せですねえ。こんないい男と結婚できて。競争率が高かったんじゃないんですかあ。がんばりましたねえ」

男はまるで彼女が必死に彼をものにしようとしたのだろうといわんばかりの口をきいた。

「いえ、そんなことは……」

ジュンコがいいよどんでも、婚約者である彼は、黙って笑っているだけだった。たしかに二人の間のことを、彼はあれこれいわなかったはずだ。しかし、ジュンコが熱心に口説いたのではないということは、いってくれたっていいじゃないかと、彼女は思ったのである。

「ちょっとクセはあるけど、経営能力は抜群なんだ」

男と会ったあと、彼はそういった。

「そうなの」

彼にいいたいことは、山ほどあった。しかし彼の友だちである男のことを批判するのは、

ジュンコも気がひけた。

(会社のことだから、私がとやかくいうことじゃないわ)

と深く考えないようにした。

結婚式のとき、男はタキシードに蝶《ちょう》ネクタイ、下はジーンズにスニーカー履きという姿でやってきた。今どきそんな格好で来る奴《やつ》がいるかというような、前時代的な姿であった。それでもジュンコは夫に何もいわなかった。自分とは関係ないと思おうとしたのである。たしかに夫がいうように、彼には経営の才があるのかもしれない。しかし彼が信頼できる人かというと、ジュンコには残念ながら、そう見えなかった。両親も、

「あの方は、まじめに仕事をしているようには見えない。会社は大丈夫か」

と心配していた。ヘアスタイルや風体を見ただけで、不安になったのだろうが、男が発する妙な雰囲気を察知したのだと思う。

「経営能力はあるらしいから、大丈夫みたいよ」

自分が不安を持っていても、両親にはそのことはいえなかった。式にはジュンコの女ともだちがたくさん来てくれた。堅太りのミユキさんももちろん呼んだ。同僚の女性社員たちの、

「いいわねえ、やったわねえ」

「うらやましいわ」

という羨望《せんぼう》のまなざしや言葉を受けながら、ジュンコは、

（私だって心配事はあるのよ）

と思いながらも、にこにこと笑っていた。

しばらくはバブル景気にのって、会社は順調に進んでいた。ひと月に何百万円もの収入もあり、マンションもほとんど即金の状態で購入した。彼はリッチな女性雑誌に紹介される、高級レストランにたびたび連れていってくれたし、地方に出張のときは、出先で待ち合わせて、地方の名店にも食事をしにいった。

「子供ができたら、そうもいかないから」

と、以前、見せてもらったような強烈な値段ではないが、ジュンコには想像もできないような、イヤリングとネックレスと指輪のセットをオーダーしてプレゼントしてくれた。

「これに合う服がないわ」

といえば、

「好きなのを買えばいいじゃない。サーモンピンクのスーツなんかが合うと思うよ」

といってくれた。女性が身につける物を買うことに関しては、とても寛大だった。それをいいことに、ジュンコはＯＬ時代にはとてもじゃないけど手が出なかった値段の服を、山のように買い漁《あさ》ったのであった。

夫の仕事にかげりが出はじめたのは、世間の人が不景気になりつつあると騒ぎはじめたその前だった。それまでは桁《けた》の違う宝飾品が売れていたのに、ぱったりと売れなくなり、おまけに代金がなかなか回収できなくなってきたのである。

「まずいんだ」

夫の暗い顔を見て、ジュンコは不安で胸がどきどきした。

「金持ちほどケチなんだ。いいときは『何でも持ってこい』なんていってたくせに、こっちが支払いの予定を聞くと、『払うっていってるだろう。約束の日に払わなかったからといって、泥棒みたいにいうな』って怒鳴る」

と顔を曇らせる。共同経営者の男は、

「払ってもらえるまで、ねばるんだ。必ず回収しよう」

といっているという。宝飾の売り上げがあまりよくないので、若い子相手に脱毛器を売ろうとしていると、夫は話していた。

「こんな微妙なときに、新しい商品に手を出して平気なの？」

ジュンコはなるべく夫の仕事には口をはさむまいと思ったが、そうはいえなくなってきた。

「あいつの考えることに、はずれはない。今回だって、普通の商売をやってたら、一発で潰《つぶ》れてた。苦しいけれどがんばる」

夫がそういうのだから、ジュンコは黙るしかなかった。

若い子相手の脱毛器は男女兼用で、若者が集まる場所に出向き、アルバイトを使って、何十個かを無料でばらまいた。高校生の口コミの力を利用しようとしたのだが、見事に失敗した。すでに世の中にたくさんの商品があり、簡単に永久脱毛ができるのならともかく、一過性の物にお金を出さなかったからである。デザインがいまひとつだったのも、災いしたようだった。そしてそのあとは、主婦相手のお腹が引っ込むというたい文句のダイエットパンツ。それとセットになっている、お父さんの機能が恢復《かいふく》するマジックパンツ。雑誌の通販ページみたいな商売をしはじめた夫に対して、ジュンコはとてもとまどっていた。

いったいどうなるのかと心配していたところ、義母から電話があった。

「ジュンコさん、ヒロアキの会社について、何か聞いてる?」

義理の両親とは離れて住んでいるが、特別にトラブルなどはない。

「いいえ、何も……」

「大変みたいねえ」

「はい、日曜日も出かけて、最近は週末はほとんど家にいないんです」

「そうなの」

義母はため息をついた。

「この間ね、うちに来て、『まとめて買ってくれないか』って、商品を持ってきたのよ」

「えっ、宝石をですか」

「いいえ、あの、ほら、下着のセット」

「あ、ああ」

「近所の人にも配って宣伝してくれっていわれたんだけど。ああいう物でしょう。おまけにみなさんはあの子が、宝石を扱っていると思っているから。まさか、あの下着をねえ。

差し上げることはできないわよねえ」

「はあ」

「しょうがないから、お父さんと私とで穿《は》いてはみたんだけど。お腹が引っ込むっていわれたけど、締め付けられて苦しくて。おまけにお腹のところが二重になっているから、汗をかいたらかゆくてねえ。お父さんはすごく期待してたみたいだけど『全然、だめだ』って怒ってるし。これ、お客さんから、詐欺で訴えられるっていうことはないわよね」

義母は心配そうにいった。

「ええっ、どうしましょう」

二人は困った、困ったといいながら、いつまでも電話を切ることができなかった。

夜遅く帰ってきた夫に、

「お義母さんから電話があって、あの下着は効果がないんじゃないかって、心配していたけど」

といった。

「そんなことで電話をかけてきたのか」

夫は不機嫌になった。

「詐欺で訴えられるんじゃないかって……」

「詐欺？」

彼の顔はますます険しくなった。それにちょっとひるみながらも、ジュンコは、

「やっぱり効果がないと……」

彼はしばらく黙っていたが、

「ばかだなあ」

と呆《あき》れた顔になった。

「お前は化粧品を買うときに、なんだかんだと効果が書いてあるのを見て買うだろう。色が白くなるとか、顔が小さくなるとか。脂が出ないとかさ」

「まあ、そうだけど」

「使ってみて、全部にそんな効果があったか?」

「うーん。あったりなかったり」

「だろ。それでお前、会社を訴えたか?」

「そんなことしないわ」

「同じだよ。ああいうものは、気の持ちようもあるんだ。現実に効果があったことは証明されている」

「どうしてそんなことがわかるの?」

「中にモニターのデータが入ってるのを見なかったのか。アルバイトを雇って、試着してもらって、ちゃんとデータは出てるんだ」

「でも、お父さんもお母さんも……」

「年寄りにはそれほど効果がないんだよ。新陳代謝だって悪いんだから。あれは近所に配ってもらいたいから持っていったんだ。まさかおやじやおふくろが穿くとは思ってもみなかったよ。おやじもまだ色気があるのかなあ」

何がなんだかわからないうちに、ジュンコは丸め込まれてしまったが、どう考えても、胡散《うさん》臭い商売には間違いなかった。

夫の両親、ジュンコの心配をよそに、そのダイエットパンツと、マジックパンツのセットは、徐々に売れはじめ、夫は大喜びしていた。そして売れるだけ売ったあと、すぐ生産中止にしてしまった。

「欲を出してずるずると引っぱらないところが、おれたちの商売なんだ。この引き際を見誤ると、返品の山を抱えてにっちもさっちもいかなくなる」

ジュンコは、ほっと胸をなでおろしたものの、たまたまうまくいっただけじゃないのといいたかった。パンツの売り上げは、滞っていた仕入先の借金の返済にあてられて、ジュンコたちはいい思いはできなかった。

夫はもとの宝石販売に熱心になっていたが、相変わらず売れない。共同経営者の男は、関西の大金持ちの顧客をつかんでいて、彼自身は売り上げを上げているという。

「あいつばかりに、売り上げを上げさせるわけにはいかない」

夫はライバル意識もあるのか、必死に営業にまわっているようだった。

「お前の友だちも紹介してくれ」

といわれて自宅に友だち数人を招き、ジュンコが昼食を作り、デザートのケーキも焼いて、宝石を見てもらった。みんな目を輝かせて、指輪をはめたり、ネックレスを首にかけたりと楽しんでいたが、いざ具体的な話になると、主婦の友だちは、

「主人に聞いてみないと……」

と口をもごもごさせながら、帰っていった。ただ一人、独身で働いている友だちが、五万円の指輪を買ってくれた。ジュンコの目にはそれほど気にいっているとは思えなかったが、ジュンコの事情を察して、気を遣ってくれたようだ。主婦の友だちだって、子育てに時間もお金もかかるし、そんな余裕がないのはわかっていた。ただ夫の仕事にあまり協力できなかったのが、残念だった。

ホームパーティーでの販売成績がよければ、そういった方向でと会社のほうでは、考えていたようだったが、悲惨な売り上げに、夫は、

「うーむ」

と頭を抱えた。その夜、共同経営者の男が家に来た。そして、彼に、

「奥さん、あまりいい友だちがいませんね」

といわれてジュンコは頭にきた。

「そんなことありません。失礼ね」

男は薄いくちびるをゆがめて笑いながら、

「だからさ、いくら貧乏人を集めてもだめなんだよ。金離れのいい金持ちの奥さん相手じゃないと、うちのイメージも悪くなる。行きつけの店があるって断られても、一度、入り

込めばこっちのものさ」

　と夫にいった。

　夫はとても悩んでいるようだった。ジュンコは夫を送り出してから、部屋のクローゼットの中にあふれているブランド品の山を見て、

「なんてもったいないことをしてしまったんだろう」

　とため息をついた。スーツ、バッグだけでも、総額でものすごい金額になる。これだけの金額があったら、男に、

「あまりいい友だちがいませんね」

　などと嫌みをいわれなくても済んだかもしれないのだ。最近では豪勢に外食をすることもなくなり、服やバッグは宝の持ち腐れになっている。ジュンコはしばらく考えて、それを車に積んで、ワイドショーで見た、今風のお洒落《しやれ》な質店に持っていくことにした。

　ジュンコが店のドアを開けて様子をうかがうと、流行の格好をして、ものすごいハイヒールを履いた若い女性二人がいた。なるべく高く買い取ってもらおうとしているらしく、くねくねと体を動かしながら、

「えーん、それだけえ。もうひと声。おねがーい」

　と甘ったれた声を出していた。

「おねがーい、か」

　ジュンコはそうつぶやいて、ドアを閉めて、外で待っていた。

しばらくして女性二人は、満足そうな顔で出てきた。入れ替わりに店内に入ると、実直そうな年配の男性が、

「お待たせいたしました」

と頭を下げた。

「ちょっと量が多いんですけど」

スーツとバッグをつめこんだ紙袋を見せると、

「やっぱりバッグのほうが人気があるので……」

と彼はいった。ほとんど使っていなかったのと、箱や包装の紙、布袋まですべて取っておいたのが幸いして、エルメスのバッグ五個と、スーツ八着は、ある程度のまとまったお金に変わった。そしてそれはそのまま、定期預金にいれてしまった。少しだけ幸せな気持ちになった。

夫が帰ってくるのは、いつもジュンコがそろそろ寝ようかというころだ。たまに酒を飲んでいることもあるが、外で遊んでいるふうではない。口数も少なくなり、シャワーを浴びた後、ばたんと寝てしまう毎日だった。ジュンコの両親には、詳しいことを話してないので、

「子供はまだなのか」

としつこく聞いてくる。こんなときに子供がいたら大変だと思いながら、ジュンコは、

「まだ、まだ」

と軽く受け流していた。

ある夜、帰ってきた夫の顔が、少し変だった。

どうしたのかと思っていると、彼は、

「大変なことになっている」

とジュンコに話した。

「えっ、どうしたの。会社、だめになったの」

彼はちょっと嫌な顔をしたが、

「違うよ、そんなんじゃない」

といったので、ジュンコはちょっとほっとした。

「あいつのことなんだけど」

「ええ」

「あいつ、お客さんの愛人になってたんだ」

「えっ。愛人って」

夫は深くため息をついた。

「だから不倫相手だよ。その見返りにいろいろと買ってもらってたらしい」

「ええっ」

ジュンコは一気に目が覚めてしまった。あの気持ちの悪い男を愛人にする女性がいるなんて、背筋がぞーっとしてきた。

「どういう人なの、相手の人」

「四十くらいかな。ちょっと派手な感じの、まあまあ美人だけど」

「どうしてそれがわかったの」

「一緒に酒を飲んでいて、『どうしておれの売り上げは伸びないのかな。どこが悪いんだろうか』って相談したんだ。そうしたら、『お前、頭ばっかし使ってるからだよ。体を使えよ』っていわれて」

「やだあ」

ジュンコは本当に背筋がぞぞぞーっとしてきた。

「おれもその奥さんとは会ったことがあるし。そうしたら彼女が、友だちに浮気をしたいっていう人がいるから、おれはどうかっていったんだってさ。びっくりした。そんなことまで話してたなんて」

しばらくジュンコは黙っていたが、

「それで、どうしたのよ」

と、どすのきいた声で夫を詰問した。

「断ったに決まってるだろ。そうしたら『お前は甘いな』って笑われた」

ジュンコは腹の底から怒りがわいて、

「もうあの人と仕事なんかしないで。私、最初っから、虫が好かなかったのよ！」

と怒鳴った。

「仕方がないじゃないか」

夫は小声でいった。

「そんなことないわ。今だったらやり直せるじゃないの。そんなことをあなたにいうなんて、ばかにしてる」

ジュンコはたまっていたものをぶちまけた。今すぐにでもあの男と手を切ってほしいと頼んでみたが、

「そういうわけにはいかないんだ」

というばかりであった。

それ以来、夫は相変わらず仕事に行っている。ジュンコが心配になって、仕事先をチェックすると、

「お前の勤めていた会社にも、最近、世話になっているんだ」

という。砲丸投げをやっていたミユキさんが、いいお客さんなんだそうである。

「土地持ちのお父さんが亡くなって、少しだけど遺産が入ったらしいよ」

ジュンコは複雑な思いであった。まだ独身のミユキさんは夫とまた親しく話す機会が増えて、喜んでいるだろう。

夫の仕事を考えると、喜んであげたほうがいいのだろうが、ジュンコは面白くなかった。まさかあの男と同じようなことにはならないだろうが、とにかくミユキさんは積極的なのが気になる。

ジュンコは自分の左手の薬指にはまっている、大きなダイヤの指輪に目を落とした。いつみてもうっとりするくらい美しい。

（あの人の指に、光る石なんか似合わない）

そう思った直後、ジュンコは自己嫌悪に襲われた。

そしてこうなったのはみんなあいつのせいだと、共同経営者に対して憎しみがますますつのってきたのであった。

本書は一九九八年十二月に毎日新聞社から
刊行された単行本を文庫化したものです。

負《ま》けない私《わたし》

群《むれ》 ようこ

角川文庫 12277

平成十三年十二月二十五日　初版発行

発行者——角川歴彦

発行所——株式会社角川書店

東京都千代田区富士見二—十三—三

電話　編集部(〇三)三二三八—八五五五
　　　営業部(〇三)三二三八—八五二一

〒一〇二—八一七七

振替〇〇一三〇—九—一九五二〇八

印刷・製本——e—Bookマニュファクチュアリング

装幀者——杉浦康平

む 5-14

ISBN4-04-171714-0　C0193

角川文庫発刊に際して

角川源義

第二次世界大戦の敗北は、軍事力の敗北であった以上に、私たちの若い文化力の敗退であった。私たちの文化が戦争に対して如何に無力であり、単なるあだ花に過ぎなかったかを、私たちは身を以て体験し痛感した。西洋近代文化の摂取にとって、明治以後八十年の歳月は決して短かすぎたとは言えない。にもかかわらず、近代文化の伝統を確立し、自由な批判と柔軟な良識に富む文化層として自らを形成することに私たちは失敗して来た。そしてこれは、各層への文化の普及滲透を任務とする出版人の責任でもあった。

一九四五年以来、私たちは再び振出しに戻り、第一歩から踏み出すことを余儀なくされた。これは大きな不幸ではあるが、反面、これまでの混沌・未熟・歪曲の中にあった我が国の文化に秩序と確たる基礎を齎らすためには絶好の機会でもある。角川書店は、このような祖国の文化的危機にあたり、微力をも顧みず再建の礎石たるべき抱負と決意とをもって出発したが、ここに創立以来の念願を果すべく角川文庫を発刊する。これまで刊行されたあらゆる全集叢書文庫類の長所と短所とを検討し、古今東西の不朽の典籍を、良心的編集のもとに、廉価に、そして書架にふさわしい美本として、多くのひとびとに提供しようとする。しかし私たちは徒らに百科全書的な知識のジレッタントを作ることを目的とせず、あくまで祖国の文化に秩序と再建への道を示し、この文庫を角川書店の栄ある事業として、今後永久に継続発展せしめ、学芸と教養との殿堂として大成せんことを期したい。多くの読書子の愛情ある忠言と支持とによって、この希望と抱負とを完遂せしめられんことを願う。

一九四九年五月三日

角川文庫ベストセラー

無印親子物語　群　ようこ

とんでもなくてトホホな親たち。これも運命とあきらめるか、反発するのか？　親子愛の名の下で繰り広げられるなんでもありの家族ストーリー。

無印おまじない物語　群　ようこ

恋愛、結婚、就職に効くおまじないがこんなもの!?　人よりも得したいあなたへ贈る、おかしくて少しせつない大人気シリーズ、最終巻。

贅沢貧乏のマリア　群　ようこ

父森鷗外に溺愛されたご令嬢が安アパート住いの贅沢貧乏暮らしへ。夢見る作家森茉莉の想像を絶する超耽美的生き方を綴った斬新な人物エッセイ。

キラキラ星　群　ようこ

賭博好き、ムショ帰りのハードボイルド作家緑川と元気いっぱいの編集者ひかり。二人の愛の同棲生活は公共料金も払えない貧乏な日々だった。

飢《う》え　群　ようこ

文学への夢と母との強い絆によって貧乏のどん底からはい上がってきた作家林芙美子。その生涯を現代の人気作家がたどる、苛烈で愛しい新評伝。

活！　本文　群　ようこ　写真文　もたいまさこ

スキー、顔マネ、山菜採り、フリーマーケット…。作家と女優が師に導かれ11種目に取り組んだ汗と涙と笑いの全記録。入門書としても役立つ一冊。

失恋美術館　内　館　牧　子

失恋した心が出会う本物の時間。それは旅と美術品がやさしくいやしてくれるひと時でもある。四季の移ろいの中に描き込まれた案内風エッセイ。

角川文庫ベストセラー

もとちゃんの痛い話　新井素子
突然左胸が痛み出した。一体どうしたのだろう? 不安を胸にかかえ、産婦人科の門をくぐったもとちゃんを待ちうけるのは!? おもしろエッセイ。

ガラスの仮面の告白　姫野カオルコ
生まれ育った八つ墓村から享楽の都TOKYOへ。フラれつづけ、Hもままならないけど夢に向かって暴走する乙女が綴った切なく明るいエッセイ集。

禁欲のススメ　姫野カオルコ
恋愛? どこにあるの、そんなもん。だれもが恋愛しているって誤解しているんじゃない……。無垢な乙女が淫らに綴る、究極のヒメノ式恋愛論。

変奏曲　姫野カオルコ
血の絆で結ばれている異なる性の双子が貪る禁断の快楽。悪魔の欲望に支配された2人は、やがて……。幽玄世界へと誘う現代のロマネスク文学。

バカさゆえ…。　姫野カオルコ
金髪の小学生〝サリーちゃん〟の商売は、マニア向けの売春婦?! ジョーからサマンサまで名作TVを新たな視点で描いた爆笑オリジナル短編集。

ドールハウス　姫野カオルコ
電話は聞かれる、手紙も開封されてしまう…。病的に厳格な両親の元で育った理加子の夢は、ふつうの生活、ふつうの恋愛。そして——。切ない物語。

喪失記　姫野カオルコ
白川理津子、33歳、イラストレーター、処女——。美女、でありながら〝女〟を諦め、〝男〟に飢える。孤独な女性を素直に綴る切ない恋愛物語。

角川文庫ベストセラー